青海省作家协会
青海民族文学翻译协会 出版项目

分册主编　马学功

青海世居民族经典记录丛书
撒拉族卷

驼铃悠悠黄河岸

青海人民出版社

图书在版编目（CIP）数据

驼铃悠悠黄河岸 / 马学功主编 . -- 西宁 : 青海人民出版社 , 2019.11

（青海世居民族经典记录丛书 / 梅卓 , 樊原成 , 马非主编）

ISBN 978-7-225-05900-6

Ⅰ . ①驼… Ⅱ . ①马… Ⅲ . ①散文集—中国—当代 Ⅳ . ① I267

中国版本图书馆 CIP 数据核字（2019）第 248985 号

青海世居民族经典记录丛书

梅卓　樊原成　马非　主编

驼铃悠悠黄河岸

马学功　主编

出 版 人　樊原成

出版发行　青海人民出版社有限责任公司

西宁市五四西路 71 号　邮政编码：810023　电话：（0971）6143426（总编室）

发行热线　（0971）6143516 / 6137730

网　　址　http://www.qhrmcbs.com

印　　刷　陕西龙山海天艺术印务有限公司

经　　销　新华书店

开　　本　787 mm × 1092 mm 1/32

印　　张　7

字　　数　200 千

版　　次　2019 年 12 月第 1 版　2019 年 12 月第 1 次印刷

书　　号　ISBN 978-7-225-05900-6

定　　价　26.00 元

韩新华

韩新华，男，撒拉族，1954年8月生，青海省循化撒拉族自治县清水乡河西村人，原青海省政协文史工作者。

> 3

我们家乡的天池

朋友，你到过青海高原吗？你到过我们撒拉人的家乡吗？如果没有，那就来吧！来看一看这里广袤无际的森林和琴弦般的河流；来看一看牛羊嬉逐的牧场和桃杏掩映的田野村庄；还有，你可别忘了要来看看我们家乡有名的天池呀！

这里的人们有句俗话说：“撒拉尔的丫头俊不俊，看眼睛就知道；撒拉尔的地方好不好，看天池就明了。”这话一点儿也不假。美丽的天池，就是撒拉人智慧的眼睛。她，深居层峦叠嶂的高山之巅。夏天，披云巾雾纱；冬天，银装素裹，像一个窈窕淑女，以特有的妩媚和魅力，使多少游人神往、眷恋！南飞的大雁不落天池不起飞，远方的客人哟，你到了撒拉人的家乡，不看看天池的秀姿美态，实在是人生中的一大憾事！

我出生在天池脚下，长在天池身旁，自幼就恋上了天池！那还是在拿上柳枝当马骑的时候，每当银盘一样的月亮姑娘爬上锯齿般的峰峦，奶奶就给我们讲天池的故事。天池的故事可多啦，就像一串一串的珍珠玛瑙编结在一起，我们听得着了迷。记得有一次，我悄悄联络了几个小伙伴，积攒了不少核桃和甜杏仁，当作礼物，准备翻山越岭去拜访美丽的天池姑娘。不料，我们的计划被爸爸发觉了。不过，爸爸越是吓唬我们，我们的决心越坚定，对天池越发迷恋了。我常常想，等长到爸爸那样高的时候，还去不了天池吗？我就不信！

盼星星，盼月亮，盼了整整二十年！今天，夙愿终于实现了！

清晨，我们一行从循化撒拉族自治县的积石镇出发东行。走过花果飘香的清水村，穿过黄河咆哮的孟达峡，越过灌木丛丛的索同大坡，当晚霞染红山尖的时候，我们来到了塔沙坡村。这是坐落在天池脚下的一个古老的村落，前临环佩叮咚的山泉溪流，后临奔腾汹涌的黄河，而村子的南面，便是苍苍莽莽的深山老林，美丽而神秘的天池，就在这座大山的怀抱之中。

> 5

村头，一位撒拉族老人热情地把我们请到家里做客。老人叫热者卜,银须白发,年已七十挂零了。老人耳聪目明，据说还时常进山打猎呢！没拉上几句闲话，自然就说到天池了。老人清了清嗓子，捋一把银须，讲起了一个美丽的传说：

古时候，天池在西边五十里外的清水村一带。那池水像水晶一样透亮，像蜂蜜一样甜。地里浇了池水，金子般的麦粒堆成山；牲畜喝了池水，马下双驹，牛下双犊，老绵羊一年就下四只羊羔哩！人喝了池水，无病无灾，八十岁进山气不喘呀！

说来也怪，这池水就是不肯往心狠手辣的莽尕斯的田园里淌。气急败坏的莽尕斯，眼睛里闪着凶光，竟将一堆秽物扔进池里，企图亵渎神圣纯洁的池水！立马，一个惊心动魄的景象就出现了！东边的天空闪起阴森森的蓝光，发出了山崩海啸般的呼啸声，高山摇晃了，大地颤抖了，池水沸腾了，飞沙走石，烟尘滚滚，狂风拔走了两个人抱不过来的大树。池水掀起大山般的巨浪，恶贯满盈的莽尕斯被吞进了池里。接着，池不见了！她含着悲愤离开了这不平的人间！

池走了！红的花凋落了，绿的草枯黄了，蓝的天空黑暗了，白的云彩变灰了！兔子搬走了窝，连飞鸟也不落了！

池走了！庄稼细得像牛身上的毛，羊群染上了瘟疫死净了，姑娘的嗓子哭哑了！老人的泪水流干了。

池啊！生命的池！人们不能没有你呀！你在哪里？！

老人领上了孙子，青年扛上了猎枪，驴背上驮起了干粮，人们到太阳升起的地方去寻找生命的池！

风一天，雨一天，寻找天池的人们历尽了千辛万苦。饿了，摘一把野果充饥；渴了，捞一把牛蹄窝里的积水解渴。野兽来了，他们端起了火枪；荆棘缠住了双脚，他们挥起了砍刀。人们只有一个念头，就是死，也要倒在池旁！

跨过了九十九条沟，走过了九十九个滩，翻过了九十九座山，人们来到了松柏苍翠、峰峦耸秀的孟达山下。只见一股清凌凌的泉水从山沟里奔泻而出，人们连忙伏下身子喝了起来。分明是山涧泉水，却怎么像甘甜的蜜浆？莫非这就是圣洁的天池水？疲惫不堪的人们在猜想和期望中进入了甜蜜的梦乡：人们都长出了洁白的翅膀，一条五彩的山路引着他们飞上了一座山峰，这里松柏滴翠，百花吐香，祥云缭绕，一面宝镜金光四射，成群的仙女环绕四周，彩袖翻飞，翩翩起舞，悦耳的歌声阵阵传来……一觉醒来，大家纷纷诉说各自梦中的奇景，不禁欣喜若狂，断定这是万能的真主给他们暗示了圣池的所在。于是，等不到天亮，大家就举着火把，顶着星星，沿着和梦境相似的小路，出发了。

终于，找着了圣洁的天池！悲喜交集的人们认定这是真主又把天池赐给了人间，于是便在这里停下脚步，过起了安居乐业的日子……

多么美丽的传说啊！这一夜，我们按捺不住心情，简直等不到天亮！

翌日，东边的天空刚刚透白，热情的热者卜老汉便带着我们踏上了通往天池的山路。夜来一场小雨，洗落了满天尘沙，天气格外清爽，空气中弥漫着来自森林的清香。走过一段绒毯般的开阔地，往东南一拐，便进入了一条只见一线天空的峡谷。

这里就是上天池的门户。只见两岸悬崖峭壁耸峙，谷底清溪潺潺，像泻下一谷碎银。我们时而踩着溪流中突兀的石块迂回而上，时而又沿着半山腰上岩羊走过的曲径攀缘而行，只见两岸山石奇形怪状，或如野牛下山，或如黄羊饮溪，石峰之上，青松从岩缝中伸出，盘根错节，有的树干如曲回的龙身，树梢酷似龙须龙角，猛一看真像一条张牙舞爪的蟠龙；有的树身弓腰颔首，恰似一位热情好客的撒拉族老人在欢迎客人的到来；有的树干高不过几尺，却枝叶纷披，像一个满头翡翠的仙女，有的枝叶长长拖到一侧，宛如一只美丽的孔雀亭亭玉立……同行的小王感叹说：“黄山能有这里的景致吗？只可惜没起那些美妙的名字罢了。”经他这么一说，大家便七嘴八舌地编凑起一大堆独出心裁的名字来，山谷里不时荡起大家开怀的笑声。

没走多远，跑在前头的小王又惊喜地招呼大家看一处妙景，原来这谷底溪流竟出自一块卧牛石旁，那呼呼外涌的清泉犹如千万支口弦一齐吹奏，叮叮咚咚，不绝于耳。假若这真是传说中撒拉先民们遇见过的泉水，那么它的源头天池，又该在何处呢？转过几座怪石嶙峋的山脚，又渐闻水声淙淙，一线清泉自参天的松林中奔突而来，泻到一个桌面大的石块处，跌入一池碧潭，腾起了白茫茫的烟雾。那溅起的水珠，像一串串珍珠，像一块块碎玉，又像千千万万只彩蝶飞起飞落，最令人惊奇的是，这眼碧潭竟是无底之洞，只见溪流注入，不见水流外溢，大家不禁拍手叫绝。无疑，这就是从天池渗出来的水了。由于山崖崩塌，天池的水从石缝中渗出，越聚越多，又从石缝中流过，才成为这种时隐时现的奇景。热者卜老汉告诉我们，这股水常年不竭，浇灌着塔沙坡村和木厂村两个村庄大片的土地。前几年，政府还在这里修了一座小型发电站，一到夜晚，发电机的轰鸣声震落了满天繁星，古老的山村灯光闪烁。勤劳的撒拉族人民正在一针一线地绣制“四个现代化”的壮丽图景！

再往前走，进入一片渐为平缓的坡地。映入眼帘的又是一番胜景，看吧，枝干挺拔的冷杉，高处的枝叶快摸着了彩云，细细望去，枝干上缀满了一个又一个的松塔，很像飞檐斗拱的宫殿四角挂满了铜铃，仿佛清风一吹，那摇曳的铜铃便会发出清越的响声。正值松子成熟季节，轻轻一踢树身，松子便像雨点般抖落下来，用手稍稍一拨拉就是一大捧。家里来客人，松子便是好客的孟达人招待来客的上好干果。

和我们同行的老林是一位林业工作者，什么样的山他没走过，什么样的树他没见过，这会儿他却怔住了:藤萝！多么奇妙的发现！人们向来以为，这藤萝是亚热带森林的独生子，想不到在这高寒的孟达林区也竟然有它生长的地盘。你看！它长得多旺盛，活像拴船的大缆绳，足有好几米长！这种植物生来就喜欢缠着别人的骨架往上爬。那不，它紧紧地缠着这株高大的青枫树的躯干，到了顶端，又贪婪地把柔软的枝叶伸向另一棵桦树的树冠上，再左盘右旋地往下缠，到了地面上还不甘心地盘了好几圈，看那阵势，似乎是想把整个绿色的生命都拥抱在自己的怀中。

孟达林区真不愧是青海高原上的“植物王国”！据林业部门的普查，这里的森林覆盖面积达十四多万亩，恰好处于黄土高原和青藏高原的过渡地带，因而具有鲜明的高原自然地理特点。从这里的森林结构、自然生态来看，是青海省次生林中群落系统最复杂、树木种类最丰富的林区，木本植物就有三百种之多，现在青海省人民政府已明文规定，孟达林区为自然形态保护区。

一路上的景色使我们目不暇接，大家好不开心。说笑声不时惊动正在密林中觅食的飞禽走兽。一只铁青色的马鸡“咕噜、咕噜”地呼唤着刚刚来到世界不久的儿女们，在悠闲自在地散步。别看这家伙体态肥硕、笨重，似乎伸手可逮，但想不到的是你还没有摆开架势，它们早已钻进了茂密的灌木林中。

忽然，一只形态酷似嘎拉鸡的飞禽，带着一阵呼啸掠空而过。热者卜老汉告诉我们，这就是生活在雪峰之巅的雪鸡，是难得的珍禽。

刚转过一道石崖，忽见一只灰褐色的动物在离我们六米远的溪边饮水，既像小鹿又像石羊，一问才知道这是一只麝。那家伙见我们几个不速之客，一点儿也不惊诧，还支棱脖颈看呢！不知是谁扔去一块石头，溅了那麝一身水，它才蓦地四蹄一蹬，窜出六七米远，眨眼间便隐没在茫茫林海之中。麝香，是一种名贵的香料，又是药材中的珍品，能治多种疾病，疗效神奇，治疗高血压和癌症尤见奇效。宋人唐慎微著《重修政和经史证类备用本草》中说："麝形似獐，常食柏叶，又啖蛇，五月得香……往往有蛇皮骨，故麝香疗蛇毒。"民间也有麝夏天仰卧晒太阳，有蚊蝇、长虫钻入香囊，麝即紧闭囊口，日久为香的说法。所以麝香看其颗粒、形状，分为"蚊蝇香""蛇头香"等。其实，麝香的主要成分是具有强烈芳香的麝香酮，为雄麝腹部香囊中的分泌物。平时常听人们说，积石山的山山岭岭都有麝，而孟达林区的麝香，个儿最大，香气最浓烈，治病也最见神效。为什么呢？热者卜老汉神秘地告诉我们："喝的是天池的圣水，吃的是被池水滋滴的香草，你说，能不比其他地方的好吗？"其实，哪山的麝不喝水，哪岭的麝不吃草，老汉的话也是爱屋及乌的缘故吧！

热者卜老汉告诉我们，森林中还栖息着白熊、狐狸、马鹿等珍禽异兽，漫山遍野地生长着大黄、黄芪、党参、羌活、秦艽等一百多种药用植物。孟达山可真是"万宝山"啊！

再往前走，迎面便是一面大坡，笔陡笔陡，好些地方不得不借助于手臂的力量才能攀登上去。真奇怪，这儿好像刚刚下过一场雨，到处湿漉漉的，树叶上、草尖上、花瓣上的水珠，在阳光映照下，晶莹透亮，活像是撒满了珍珠。碧空如洗，何来雨珠？莫非这雨珠是神圣的天池蒸发而成的？

终于，我们登上了顶峰。从云雾缭绕的顶峰极目北望，千山万壑尽收眼底。烟波云海中的巍峨山巅白云叆叇；九曲黄河像蟠龙闪动金鳞，绕过山脚朝着太阳升起的东方伸展；几只苍鹰展开翅膀在云海之上盘旋，还有那目之所及的地方，成熟了的庄稼像是给大地铺了一块块金色的丝毯……面对着色彩斑斓的画卷，同行者中的摄影师瞄准了镜头，画家们支起了画架，我呢，心底里不由涌起“会当凌绝顶，一览众山小”的诗句来。

小憩片刻，大家起身，准备开始比想象中更为艰难的攀登，可是，热者卜老汉却说：“远在天边，近在眼前。你们看，那不是天池吗？”果然！透过繁密的松枝看过去，但见不远处漫漫的雾霭轻轻飘逸，白纱般的薄雾下，隐隐约约地发出一片蓝缎子般的光彩！

哦！我日夜向往的天池，你竟然在这里！

说不尽的喜悦，道不完的快乐，大家撒开双腿向池边奔去！此刻，天池却像一个腼腆的大姑娘，披着云蒸霞蔚的面纱，只露个水灵灵的大眼睛，总也不肯让人看见那秀丽的容貌来。渐渐地，和煦的阳光用它纤巧的手指撩开了白纱般的雾幛，顿时间，黛绿的池变成了金子般的池，溢彩流光，耀人眼目。

啊！美丽的池，迷人的池！那闪烁的波光可是你脉脉含情的目光？那荡漾的金水可是你飘舞的霓裳？那轻轻拍岸的浪花可是你欢迎的掌声？置身在这清凉世界中，面对着这如锦似画的美景，我忘记了天地人间。

蓦地，我的记忆中又浮现出奶奶讲的那个故事来：

很早很早的时候，天上只有星星，没有月亮。一到晚上，数不清的星星一个劲儿地眨眼睛，可怎么也照不亮人间。人们想，要是有一个车轱辘大的月亮该有多好啊！善良的天池姑娘知道了人们的心思，她决心要为人间造福，于是，茫茫森林变成了她的羽毛和翅膀，借着一阵清风，天池姑娘飞上了天空。顿时，大地被照得雪亮雪亮，人们唱啊、跳啊，别提有多高兴！从此，一到夜晚，天池姑娘就变成月亮飞上天空，天亮了，她把天空让给太阳，自己率领千万颗星星飞回人间，轻轻一摇，又变成天池的模样。奶奶还说过，你要是个有福气的人，还能看得见天池变成月亮的情景呢！

现在，我们算是最有福气的人了，不是吗？飘逸而散的云雾不就是月亮姑娘刚刚卸去的盛装？那闪闪烁烁的波光不就是跟随月亮回家的星星吗？

正晌午，骄阳当空。我们沿着池边小道漫步，欣赏着这大自然的杰作！地质学家告诉我们，这里曾经是一条很大很深的鸿沟，沟底里流淌着一股清清的溪流。后来，由于发生了一起特大的造山运动，高山崩塌了，变成了天池的门户；低矮的丘陵拔地而起，成了白云的家乡。我们的天池恰巧就是由山坡移动、鸿沟堵塞而形成的。这一带地形复杂，雨水格外充沛，有“十天难见三日晴”之说，这些雨水全部汇聚在池中，越聚越多，终于形成了目前这深三十米、方圆整整二十六万多平方米的高山湖泊。

游兴正浓的我们在岸边用山木扎了一只轻巧的木筏，划往池中心。可是，令人“担心”的事出现了，我们分明在水中，怎么飞上天空了呢！那不，蔚蓝的天空深邃莫测，莲花般的云朵缓缓地从木筏下面飘过，百灵鸟唱着婉转的歌儿，却展翅在我们的身下飞翔。突然“哗”的一声，一条肥大的鲜鱼从我们身旁跳出一米多高，银光一闪，又“嗵”地落入池中。热者卜老人告诉我们，前几年，有关部门千里迢迢从江浙一带运来了几万尾淡水鱼苗，投放到天池里，现在已经长到四五斤重了。老汉风趣地说："这些鱼已经改名换姓，叫作'天池鱼'啦！"

置身在这诗情画意般的天池怀抱中，谁不惊叹大自然的神力？谁不赞美撒拉家乡的可爱？在不远的将来，这里将开辟成人人向往的游览胜地：宽阔的公路通到池边；池畔苍松翠柏掩映红墙绿瓦，秀草野花簇拥起小小的别墅；亭台楼阁依偎着奇山怪石，轻盈的游艇伴着肥美的鲜鱼游弋……到那时，我们家乡的天池可与黄山试比秀美，愿与西湖平分秀色。同志，这不是幻想，你信吗？

来吧，远方的客人，美丽的天池欢迎你！来吧，远方的朋友，撒拉族人民欢迎你！

啊，核桃树

你去过我们撒拉族的家乡吗？那里可真是名不虚传的“瓜果之乡”呀！馨香浓郁的花椒，清香诱人的苹果，香甜脆嫩的酥梅梨，甘甜多汁的大冬果，曾赢得多少人的赞誉！然而，在那许许多多的果木中，最叫我难以忘怀的，是核桃树！

啊！核桃树，家乡的核桃树！一棵，两棵，千株，万株，郁郁葱葱，如黛如染，似屏似幔，宛如九天仙女牵来朵朵绿云，轻轻地弥漫在高山峡谷中的撒拉之乡。看吧，那阡陌之间的幽径小路在这绿荫中延伸，错落有致的院落庄廓在这绿云中掩映；细细望去，那叮叮咚咚的小河溪流里，也融进了几重绿意，格外清澈！哦，你再轻轻地吸一口空气吧，那绿云滤过的空气，竟是这样清爽、凉快，叫人好不心旷神怡呀！

呵，核桃树，我心中的树！在它身上，绾系着我多少童年的梦乡。曾记得，在核桃树巨伞般的绿荫下，爷爷常常讲那美妙神奇的传说：

在很早很早的时候，遥远的撒马尔罕部落里，有一对好兄弟，叫阿赫莽和尕勒莽。他们为人正直善良，扶持正义，德高望重。由于不堪忍受部落头领的诬陷，弟兄俩率领族人，愤然离开故土，朝着太阳升起的方向，去寻求自由幸福的乐园。他们走啊，走啊，翻过了崇山峻岭，越过了旷野荒滩。日出日落，月缺月圆，骆驼乏了，干粮断了，筋疲力尽的人们再也挪不动双脚了……

就在这时候，红霞如胭的天际上，升腾起一道绚烂夺目的彩虹，从那祥云彩虹之间，翩翩飞出一只凤凰！那凤凰羽翼斑斓辉煌，照映天宇。细细望去，嘴里衔着两颗滚圆的宝石，熠熠烁烁，闪射出璀璨夺目的光芒。

那凤凰飞呀，飞呀，一直飞到了阿赫莽他们的头顶上空，把那宝石轻轻丢落下来。大家赶忙起身接住这颗宝石，一看，却一个个惊喜得说不出话来！这哪里是什么宝石，分明是天堂里的圣果——核桃呀！常说，这核桃树要有九十九座池塘的圣水浇灌才能发芽长叶，要有九十九个月亮照射才能开花孕果，要有九十九个太阳的沐浴才会成熟；而从长叶到收获又要经过九千九百九十九天的漫长岁月。吃了它长生不老。阳间凡人怎能够得到它呢？贤明的阿赫莽兄弟早已预感到这是吉祥的福音，他说："凭着白骆驼上驮着的《古兰经》起誓，这天堂圣果分明是万能的真主搭救我们。大家就分吃了吧，凭借它的神力，我们一定能走到向往的地方。”说罢，便领着大家做了虔诚的祈祷，之后，一人一点儿分吃了其中的一颗。

果然，大家顺利地来到了积石山下、黄河岸边这块美丽富饶的土地上……

为了让撒拉族的子子孙孙永远吃到天堂的圣果，阿赫莽在新的乐土上种下了另一颗核桃。从此，核桃树一棵接一棵，一代接一代，枝叶参天，绿荫遮地，撒拉之乡成了核桃树的世界……

从此，我常常驻足核桃树下，凝神思索，一任那想象之鸟展开翅膀翱翔。哦，在那渺茫无垠的九霄之上，或许果真有爷爷讲的极乐仙境哩！倘或有，那里的一切，自然只属于正直善良、朴实敦厚的人们！每每想到这里，我总是感到无比的自豪和欣慰：我们的父兄，是人世间最幸福的人；我们的撒拉民族，是值得骄傲的民族！

啊，核桃树，撒拉家乡的核桃树！你是献给家乡人民的一支抒情的歌，一幅壮美的画！听吧，每当晨光熹微，树枝间鸟儿啁啾鸣啭，把我们从香甜的梦乡中唤醒。那叫声多美呀，宛如一支和谐悦耳的奏鸣曲。哦，那一定是鸟儿们在霞光里献给核桃树的第一支歌吧?

响午时分，鸟儿们开始小睡，进入了恬静时光。核桃树下热闹起来了。在地里忙碌了一上午的人们匆匆忙忙吃过午饭，各自端着盖碗儿茶，来到树下乘凉休息。于是，一幅悠闲、惬意的画面就在这巨大的绿伞下铺开了：那些绱鞋底的阿奶，一面把又细又长的麻线绳儿拉得“噌噌”直响，一面絮絮叨叨地说这个尕娃人品好，那个阿娜长得俊、心眼巧，只说得一旁的姑娘们脸上泛起朵朵红云；那些淘气的小孩似乎永远也安静不下来，忽而摔掉鞋，三下五除二地爬上那晃晃悠悠的枝杈掏鸟儿蛋，惹得快要当妈妈的喜鹊飞来飞去，叽叽喳喳叫个不停；忽而又绕着那好几个人抱不过来的树身，左躲右闪地做起父母们也曾玩过的游戏……

不过，更多的还是比较安静的时候，那一定是白发长髯的爷爷们又在给后生们讲骆驼屙核桃的故事：撒拉尔的先人们赶着牛羊，牵着骆驼，翻巍巍天山，穿茫茫戈壁，在积石关前落脚扎根；他们还讲乾隆年间，撒拉人民不甘忍受封建官吏的残酷迫害和压榨，在英雄苏四十三和韩二个的率领下，揭竿而起，杀清兵，破河州，攻金城，血染华林山的英勇悲壮的业绩……

核桃树啊，你这壮士的化身，此刻，你为什么颔首抚须静悄悄？哦，我明白了，你一定是在一遍又一遍地回顾、追溯那血火交织的昨天！

核桃树哟，你这历史老人手中的椽笔！此刻，你为什么昂首冲天轻轻摇曳？哦，我知道了，你正在把一曲曲惊天地、泣鬼神的战歌书写在万里苍穹之间……

晚上，漫步核桃树下，又可拾到多少迷人的情趣。树荫筛落了皎洁的月光，恍如撒了一地碎银；那些叫不上名儿的小虫，弹奏起清丽悦耳的琴弦；小溪边上的青蛙，用泉水润甜了歌喉，把高高低低、长长短短的爱情之歌，融进潺潺流水，带给远处的情侣。哦，在树荫的那边，还有一对倩影在呢呢喃喃，沉浸在深深的柔情蜜意之中……

这些年来，每到夏秋，我的心总是被牢牢地绾系在那浓荫的核桃树下。那里有一张张淳朴的笑脸，一声声银铃般的笑语；那里有一颗颗水晶般透亮的心灵，一副副炭火般炽烈的心肠；那里有我散落已久的梦魂，有我剪不断、理还乱的悠悠情思……

乍起的飒飒金风，催熟了满树的核桃。“白露”节令一到，便是收获核桃的日子！树上，噼里啪啦打核桃，惊飞一树踏枝唱歌的喜鹊；树下，稀里哗啦捣核桃，荡漾起一阵阵幸福的旋涡。好一个盛大的节日哟！在这金色的九月，哪一棵核桃树下没有欢乐的涟漪？家乡的人们摘花椒用的是小篮，怕被撒了；摘苹果用小筐，怕被压了；摘核桃却用又宽又长的牛毛口袋，怕的是啥？怕的是装不下、驮不完。记得有这样一首撒拉族“花儿”唱道：“树底下摘给了整三天，上树者摘给了九天；落下的核桃堆成了山，大骡子驮给了九年。”由于核桃树太多，四周邻居家的核桃树枝总是翻墙越屋，伸向邻家院里。于是，不知从哪朝哪代起，先人们就留下了一个好规矩：一家栽树，多家享福。不论谁家栽的核桃树，只要枝杈长到了你家院子里，你就可以尽情享受，完全不需要打招呼。所以，撒拉人家不论有没有核桃树，但总有核桃可吃。四面伸过来的枝杈多了，主人甚至都没办法分清盘子里的核桃是结在谁家树上的。

在撒拉家乡，你会听到一句俗语，“七月的杏儿满坡滚，八月的核桃没主人”。是说这时候的水果多得连主人都顾不上收拾，任你在树下随手捡来吃个肚儿圆，从不用打招呼。人们把这叫“帮吃”，“帮吃”的人越多，主人脸面上越有光彩，来年果子就结得越多。自古就好客的撒拉人，一到瓜果成熟的季节，就越发显得热情、大方。且不说那左邻右舍、近亲远朋，今天在这家“帮吃”，明天又到那一家饱餐一顿，走马灯似的挨门转个不停，就连那素不相识的过路人，也常常被请到上席受到盛情款待。主人情真意切，客人也无须客气，只到大饱才算是承领了主人的一片深情厚谊……

核桃树是慷慨的树、多情的树，也是伟大的树。它那无私的品格，常使我生出无尽的遐想和思索……

四月的山乡，桃树牵来片片晚霞，剪裁了一身绚丽的裙裾；杏树挽起朵朵朝晖，围上了一面如火的头巾；梨树也在一夜之间匆匆忙忙披上了素洁的披肩。于是，满山飞花，天涯烂漫。粉的如霞，红的像火，白的赛雪，铺天盖地，浩浩荡荡，直把一派春光献给山川，献给河流，献给辛劳了一年的人们。然而这时的核桃树，却还悄无声息，不见花蕾，没有绿叶，显得那么稳重，那么从容。清明过了，桃树落英，杏花凋谢，曾经姹紫嫣红的山乡又是绿肥红瘦。恰在这时，核桃树才迈着它那轻盈的步履姗姗而来，把生命的绿叶和希望的花朵带到了人间。可是，你留意过核桃花儿吗？没有杏花的热情艳丽，没有桃花的妩媚动人，没有牡丹的雍容华贵，没有玫瑰的醉人馨香；没有翩翩的彩蝶给它献媚，没有细腰的蜜蜂给它唱歌。最让人难以置信的是核桃树开的花儿竟是如此奇特，一串一串的絮絮，以至于人们都无法叫它是一种花儿。于是人们索性就忘记了它的存在。就连那才思敏捷的“花儿”唱把式们也轻率地漫出了这样的“花儿”：“核桃花开（哈）的人没见，核桃儿咋这么大了？我俩人好（哈）的人没有见，名声咋这样红了？”其实，核桃树怎么不会有花呢？秋风吹过，杏树点燃了千万盏金灯，葡萄架挂上了一串串翡翠，苹果园里飘出阵阵清香，核桃也熟了，但是，它依然那样朴素、庄重，硕果累累地悄然掩映在青枝碧叶之间，静静地等待前来收获的主人……

一遍遍读过核桃树，我终于悟出了一条道理：高尚，往往就在朴实无华之中。不是吗？核桃树自有它的信念：不以娇艳的花朵招人喜欢，不靠醉人的芳香获得青睐。它追求的只是默默地结出果实，默默地献给人们以甜美。啊，核桃树，撒拉家乡的核桃树！要是人人都有你这样的追求该有多好啊！

当然，核桃并不独产于撒拉人的家乡，天南海北都有它的芳踪。但是，我总以为它们远不如我们家乡的核桃树那般无私、高贵。享有盛名的“绵核桃”“纸皮核桃”“鸡蛋皮核桃”，顾名思义，皮薄如纸，脆似蛋壳，或夹在指间轻轻一捻，或放于掌心慢慢一捏，皮壳便粉碎脱落。至于那棵被很懂得生物遗传奥秘的专家学者都惊叹不已的“露仁核桃”，更是奇特稀罕，生来没有硬壳，从孕果到成熟，只有那一层薄薄的绿衣包裹，恰像母亲把爱子紧紧地抱在怀中。一旦成熟，核桃便纷纷从树枝间掉落下来，那层绿色的裙裾间跳出一颗胖乎乎、嫩生生、油渍渍的仁子来，宛如呱呱落地的婴儿向着母亲微笑……

啊，撒拉家乡的核桃树！你献给人们的，岂止是千颗万颗果实，殊不知，那是历尽严寒酷暑的艰辛，尝遍风刀霜剑的威逼之后，孕育出来的赤诚无瑕的心啊！有人说，你是积石峡谷中的奇树，给古老的民族织进了一段奇妙的传说；我说，你是撒拉人掌心上的璀璨明珠，给阿赫莽兄弟们落脚扎根的撒拉家园带来了吉祥！我感激你，吉祥的树！你结满树珍珠翡翠献给山乡，织一片欢乐幸福留驻人间！我赞美你，伟大的树！教会我怎样的生活才算甜蜜幸福，怎样的人生才会闪射出金子的光彩！在你的身上，回荡着音乐家响遏行云的旋韵，奔涌着诗人如潮似澜的激情；在你身上，蕴藏着画家们斑斓绚丽的色彩，缠绕着我们撒拉儿女的悠悠情思！啊，核桃树，我心中的树！在中华民族之林中，你是撒拉民族勤劳英勇、敦厚热情、默言微笑的化身！我想变成一捧沃土，紧紧地依偎在你的身旁；我想变成一掬清水，缓缓地流进你宽广的心脏；我想变成一缕阳光，轻轻地送给你一片温暖。呵！我又多么想变成一枚精巧的“口弦”，为你奏上一曲永远的赞歌！

啊，核桃树！我心中的树！愿你在滚滚的黄河源头，在崇山峻岭间的撒拉之乡，根深叶茂，黛色参天；愿你在伟大的中华民族之林中，果实累累，芳踪千古！

闻　采

街子三题

天池　向导　干妈

闻采，原名马文才，男，撒拉族，1952年8月生，青海省循化撒拉族自治县白庄乡拉边村人。曾任青海省伊斯兰教经学院常务副院长。在《民族文学》《青海湖》等报刊发表小说、散文、诗歌、报告文学几十篇（首），作品入选《中国当代少数民族优秀文学作品选·散文卷》，荣获《民族文学》“山丹奖”等省级以上文学奖若干次。

街子三题

去年国庆刚过，愚奉命赴故土之街子“社教”，为期三月，借机补了堂生活课。闲暇之余，访农家，逛市场，探遗迹……触景而生情，情生而思发，偶有所得，遂记以为文。

谒尕勒莽墓

已是深秋季节了。风，带有些许寒意，卷着片片落叶，散乱地移动在“拱北”四面墙根。平日上锁的“拱北”门被轻轻启开，我，怀着景仰，缓缓跨进步去。立定，张开双手至胸前，默默诵一段念词……

又一次挨近他了——心目中那位深眼窝、高鼻梁、长髯飘胸、头缠“泰斯达勒”的撒鲁尔首领。

坟墓很平常，黄土堆上插满燃尽的芭兰香梗。不寻常之处，在于从坟墓堆中自行长出一古榆，枝杈参天，在半空中舒展着，显得生机盎然。粗壮的主干，需数人才能合围。它东侧，是另一株同样高大的古榆。

他们的生命泯灭已有六百多年了。他们的精神化作了古榆，启迪着子孙后代。

我视觉受到潮湿的阻碍，变得有些模糊不清。听觉却显得异常地灵敏，清清晰晰，将一阵遥远的驼铃声摄入耳膜……渐渐地，眼际明亮了起来，一望无际的地平线，晨曦微露，一支疲惫的旅队在艰难行进……茫茫戈壁，旅队为年迈的上路人举行葬礼，逝者平躺在沙滩上，漠风掀动覆盖在身上的粗白布，亡人双眼闭合，神色安详。而远处，风暴正在凝聚，黄沙蔽空，滚滚而至……皑皑雪峰，年轻的生命坠下沟壑，不瞑的眼眸凝结着遗恨。望高空，白云悠悠，又是好个艳阳天……每每此情此景，尕勒莽泪脸透出刚毅，张开双手，祈求真主给落难的撒鲁尔人恩赐一方乐土以安身立命……

风，卷着黄叶，漫不经心地出入于拱北门槛。淡淡的芭兰香味，更增添了氛围的肃穆，使人忘却自身的存在。

先民憧憬中的乐土，不就是这样的嘛：没有倾轧，没有凌辱，没有饥寒，没有祸端，能心安理得地打发光阴，能无所顾忌地朝拜真主……而这一切，如今都得到了。他的后人们似乎觉得很知足，又似乎不那么知足；在他们生活中，好像不欠缺什么，又好像欠缺点什么……

是什么呢？

追求，是没有止境的，何况对一个有过为实现追求而不惜万里大东迁壮举的民族而言。

追求是生命的延续，追求是财富的创造，追求是时代的发展，追求是历史的前进。对一个民族来说，追求意味着强盛、文明、兴旺、发达。没有追求，永远摆脱不了愚昧与贫穷。

很不幸，在我们民族中，却出现了这样一种令人忧虑和发人深思的“追求”:有个别中年人，为追求生活“幸福”，不惜贩卖毒品，害人又害己，还有一些年轻人，去追求这样的“文明”享受——揣着卖命挣来的钱，沉湎于灰色“卡拉 OK”而不能自拔……

我耳际响起数年前一位孟达老奶奶说过的一句近似箴言的话：“钱多了，人心变黑哩……”

风，旋动脚下一片片落叶，我不禁打了个冷战。

难道说，人类赖以生存和发展的财富，反而成为污染同胞心灵的“垢痂”，这，仅仅是个观念问题吗 ?!

蓦然地，记忆之屏幕掠过数年前某一记者的一句精妙“赞语”：“你们撒拉人真了不起，头割了还跳黄河里喝水哩。哈哈哈哈……”

这位大记者跷起大拇指，脸上堆着友善的微笑。当我从一张友好的面部表情其间窥觉某种讥讽，又从一席动听的言语之中闻出某层不恭，心潭便有些波动，尤其听到在座的那些要员挺起大肚皮也跟着“哈哈哈哈”时，心潭剧烈翻卷，一浪高过一浪……我强迫自己去想那些值得民族骄傲的另一面：迁徙撒马尔罕，血战华林峰，板筏黄河浪尖，筑路唐古拉山……想借用阿 Q“老子当年……”的精神胜利法来聊以自慰。但是，胸间的不适并没有因此而减轻。是的，在当今时代，一个民族离开了文化和科技，哪怕它再强悍，再坚忍，仍然算不得优秀民族。落伍于时代，只能被历史潮流无情地淘汰。这是被实践证明了的真理。

文化落后固然可忧，更令人忧虑的是意识落后，不愿奋起去改变。我曾走访不少家庭，新盖的房屋花费都是高达数万数十万，设计不可谓不别致，装饰不可谓不精美，主人家们都为此而沾沾自喜。通过正当劳动挣得大钱，追求生活的现代化本无可厚非，问题是，我还看到他们生活中的另一面——大部分人家，举家数代均为文盲。更严峻的现实还在后面——新一代的文盲正在形成。请看他们子女就学的条件吧：两间教室加起来才七张桌，且桌面都是大窟窿小洞眼，几条少腿的木凳，所有窗户不见一块玻璃……当你目睹百十个天真可爱的孩子盘腿坐在阴暗潮湿的地面，怀抱书包，扯长脖子跟读“a——o——e——”之际，你心里该是何种滋味呢？每逢新、老朋友请我吃饭，总有他们在村小学读书的儿子或孙子上前向客人道“色兰”请安。此刻，我竹筷抖动不已，怎么也夹不住“我们撒拉里现在都是四条腿的鸡”之言，我曾流着泪对这些质朴、豪爽，但未完全摆脱愚昧、物质富足而精神贫穷的家长们讲过一言：“穆圣说了：‘求学是每个男女穆斯林的天职。’还是请您从这四腿鸡中砍下两条，安到孩子们的板凳上吧，免得我们的孩子又成为新一代文盲，或能识几个字的风湿病人！”

夜幕渐渐垂落。我念过一段祈祷词，默默离别，心中坦然了许多。风吹得有点小了，几点雨滴从古榆枝叶间飘下来，落入我脖颈、胸口，有点舒心的清爽，又有些透心的凉意……

沿着乌土斯

一

沿着乌土斯，我走进传说、故事、诗歌……征途有山径的曲折，也有绝壁的艰险；有沙漠的空旷，也有雪峰的晶莹；山花丛中摇曳着浪漫，岩石背后窥伏着狰狞，静谧的湖畔孕育着狂暴，骚动的峡风传送过温馨。视野有灰黄有碧绿，但更多的是血红；耳畔有说笑声感叹声，但更多的则是风声雨声隆隆沉雷声……

沿着乌土斯，我辨认历史遗下的足印。有人的踪迹，也有驼的蹄窝。踪迹长长，是因为天降雨和雪，地涌血和泪，山道变得十分泥泞;蹄窝深深，是因为骆驼驮负沉重，两峰之间，一副褡裢，一头装着撒拉尔人深重的苦难，另一头载着撒拉尔人未卜的命运。印窝纷杂,前接撒马尔罕，后伸东土……

沿着乌土斯，我一路遐想，一路感悟。遐想不尽历史的变幻，感悟不够人生的悲欢。

乌土斯，撒拉尔一本读不尽的书，一个解不透的谜……

二

沿着乌土斯……

山忽高忽低，坡时缓时陡。

山脚下，我突遇风暴，旋风掀起漫天尘沙，发出凄厉呼啸，搅动天地一片混沌。在绝望与恐怖的层层围困中，我口吐祈祷与诅咒，奋力攀缘。越上一岭，风力渐退。一抹碧天，划开山鹰铁翅的力度。

至山腹部，我跃上那匹性烈如火的枣骝马，挥鞭冲过荆棘载途。穹庐之下，掠过一人一骑的雄姿。我前胸后背，渗出殷红的血迹。天空和大地，送来各自的抚慰，托着绿风，托着彩霞，托着甘露，轻轻地，静静地，缓缓地，柔柔地，抚平我周身的伤痛。

离巅顶尚远，我自感气力不支。一牦犍自天而降。我毕竟未学会拽牛尾，只得谢绝其好意，而后手脚并用，艰难攀登，太阳照着前胸，月亮照着后背，前有小鸟引路，后有金鸡伴送，我不感到寂寞，更不觉得孤独，一步一步，向上挪动……

我循着祖圣的遗迹，爬上从未有过的高度，给后行者，留下一排歪歪扭扭的路标——

沿着乌土斯……

三岔牛市

卖牛买牛的多了，这里便成为牛市。

牛种有黄、牦、犏牛，毛色有青、灰、花色。文静恭顺的是牝牛，活蹦乱跳的是公牛，从容反刍，逍遥自在的是失去生殖功能的犍牛。

牛多人更多，指手又画脚。有卖牛的就有买牛的，有卖了牛再买牛的，或买了牛又卖牛的，还有不卖牛也不买牛纯粹围看热闹的，比如像我。

严格来说，我也不完全是闲得无聊瞎转转的，是房东哈三大哥要买牛，硬把我也拽了来。

我不会相牛，可哈三会。他懂得什么样的牛容易育肥上膘，价钱也合算。一个月后他家娶进儿媳妇，少不了要宰牛。

相牛时辰差不多，牛市便进入成交阶段，一伙人簇拥牙行进了场。

行行出状元,牙行算得个相牛状元。他是牛市的轴心，整个牛市围着他转。

他瘦高个子，深眼窝子，鹰钩鼻子，头戴一顶圆顶帽子，嘴巴上可真有两下子。

他扫一眼牛外表，扳一下牛牙口，揣一把牛脊背，不露声色伸过袖筒先跟卖主捏指码，转过身来再跟买主捏指码，眉头微微一皱，随即舒展开来，手掌往牛背上一拍，喝声“牵走”！唱出牛价，满场皆惊。土台上一群人相互交换神色，长者频频捋须，小辈咋舌叹服。一锤定音，不容置喙，买主卖主含笑付钱收钱，抓手言别。

看在眼里，我笑了笑：“这牙行的饭也太容易吃了。”哈三摇摇头，不以为然：“话不能这么说。没有金刚钻，不揽瓷器活，牙行的学问深着哩。”他给我摆开了“牙行经”：作为市场经纪人，最起码要具备两条：一要懂行，二要公道。“牙行心头一杆秤”，一称肉斤，能估算此牛能宰多少斤肉，误差不能超出五斤；二称人心，做到生人熟人一个样，当地人外地人一个样，教内人教外人一个样。

我有点不服气：“这有何难？卖主讨价高买主还价低，两价相加取其中，我也就称得上是一懂行二公正了。”

哈三笑弯了腰：“照你这么说，我那读一年级的小尕娃也能当个好牙行了。”他解释道，对一名称职的牙行来说，袖筒里捏指码只是个参照基数，在好多情况下变得毫无意义。比如卖主讨价适中，而买主还价偏低，或买主出价差不多，而卖主欺生，则漫天要价，或者双方都外行，讨价还价都是偏高偏低。面对这种情况，牙行就得凭自己的主见当机立断，促成生意。

“有这些事儿？”

“嗯，还有更新鲜的事儿呢！有一回文都的一个藏族牵来一头犏牛卖给甘都的回族，你猜怎么着？讨价一千，还价却是一千二，还价高过讨价，在生意场上还是头一回听说……”

前面一阵吵闹声，两个买主卖主之间发生了争执。一个黑胡子的中年人似乎是外乡来的，牵着一头粗壮的犏牛，声称他的牛不宰四百斤肉他干脆白送，另一位壮汉是本地卖牛肉的，断言宰不过三百八。上百双眼睛一起盯向了牙行。在土台上一直争论不休的那几位长者也停了下来，饶有兴致地看着牙行等待下文。无疑，这是一次对牙行群众性的，也是权威性的考核。只见牙行微微一笑，既不板着牛牙口，也不摸牛脊梁，却背着手绕着牛转了三圈，深邃眼窝里的两道目光射向牛周身，似乎要将五脏六腑齐齐射穿，突然冒出一句：“三百八十五斤！”

不一会儿，满手是血的壮汉跑来禀报：“宰了三百八十四斤！”

这下，我对牙行算是佩服得五体投地了。

趁着哈三相牛的空儿，我上前同牙行搭讪："您大哥真是牛市一杆秤啊，不简单！"

牙行朗朗一笑，手指土台上几位，风趣地说："我刚才一旦砸了锅，岂不丢尽牙行的脸？他们几个老秤杆能轻饶得了我？不朝我屁股上踹几脚赶我滚蛋才怪呢……"

在赶着哈三买回的牛的回家路上，我细细回味着牙行压低嗓音说下的话：

"老前辈们个个是一杆秤，他们把本事传给了我们，他们把市场交给了我们，同时，他们也把担子给了我们……"

哦，可敬的牙行们！

天池　向导　干妈

——孟达散记之四

天池

如果说天公是位丹青圣手，孟达天池便是杰作之一。

林海苍苍，碧波粼粼，悠悠荡荡的雨，缥缥缈缈的雾，将你引入一种半凡半仙的境地；蓝天渐开，抖落数抹金彩，甩下几道虹带，又给你一种似梦似幻的感觉。这里的空间山地，到处生长着坦荡，到处飘荡着豁达，随你捡拾捕捉……

乍睹这魂牵梦绕许多年的风采，一颗心出窍了，做自在的游荡。激情脱去我躯壳的赘重，拖着魂灵轻盈盈地翱翔。什么烦恼，什么忧愁，什么失落……于霎时间统统消融……

“哦——嗬嗬——”一反常态，我双手拢袖，宣泄着血液的蒸腾。

“哦——嗬——嗬——嗬——”峰峰壑壑，回荡着我心灵的呼唤。

感情的密码，只能由情感去破译。我的眼际张开了巨大的臂膀，我耳畔传来了深沉的呼应……

眼前一片斑驳——映满彩色光晕的泪眼，模糊了所有的形象。

我轻轻起足，又缓缓落步；我们的相逢在一步步临近。

终于捧到手心了——圣洁天池水，神奇天池水，流淌不尽优美传说的天池水！

能洗去身心的污秽呢。按民族习俗，先洗个小净吧。

沿湖探望吧：树高枝密，岸上腐叶陈积，水面却不见一叶半枝，正如向导所说，在每临日落，会有千万只鸟雀飞来，衔去水面所有枯枝败叶吗？！无从考证，科学考察亦未闻定论。我一贯信奉：最经不起玷辱的恰恰是最纯净的。这一怪象，却使我对刻在大山额上的信条产生怀疑……

流不尽山里人对邪恶的憎恨和对善良美好的褒扬呢。请倾听吧，在骆驼屙核桃的光阴里，孟达山林的西侧，有一泓圣水池，治愈所有被妖魔坑害的病畜，给宽阔牧场带来了吉祥。圣池美名远扬，遭到魔鬼的嫉恨。一个月黑风高夜，女妖蟒斯哈尔险恶地将血裤抛入水中……第二天，圣池干了，树木枯了，牛羊死了，鸟雀也飞走了。牧场变成了坟场，只有蟒斯哈尔出没……

圣池真干了吗？没有。其水脉转移至林山东侧。圣池还是圣地（人们改叫天池），牧场还是牧场（现在改成木厂），彩虹常落，带来吉祥……

同样蒙辱，同样东迁，同样安居乐业——其命运与撒拉是何等相似！从某种角度来讲，天池不正寓含着民族的象征吗？！

按照中国人的审美心理，一个优美的胜地，少不了有美丽的传说相衬托。不过，向导讲的这个传说，比起以前听过的诸如天池水不流地主田，地主如何如何此类的明显贴有“阶级斗争”标签的传说，要来得朴实而自然。

沿着传说，我深入天地，去观赏博大的胸怀：无论春露秋霜，无论夏雨冬雪，它都是一概包容，去感知心灵的坦诚，不分晨曦暮露，不分阳光阴霾，它亦是一概迎送。去触摸情感的脉动：不管来自东南还是西北，抑或是风和细雨，一概敞开门庭，不论寒潮狂飙，一概闭户设防。

好个绝情又多情的天池哟！

沿着遐思，退出这古拙疏野而不乏诱惑的画卷，我把人生旧命题的答案交付它评判，又带回更为深邃的新命题踏上归途。

向导

上山容易下山难，乘骑尤为甚。

几近四十五度的陡坡，使人望而悚然。为避免被摔得鼻青脸肿，我们只得弃骡就步。向导斯力毛看着我战战兢兢的难受劲儿，笑了笑，抽斧从路旁砍来两根树枝杈当拐杖。三条腿走路，果然轻松多了。

听人说过，孟达是“唱家”的故乡，无论老少，都能来几曲“花儿”。为了打发途中的寂寞，我编了一段不入“令”的“花儿”来挑逗：“人说是山里多山丹，谁知道哄得是屁话；人说是孟达多‘唱家’，谁知道赞的是大话。”斜睨他一眼。斯力毛果然被激怒了，顿时脸红脖子粗，像一只斗架的公鸡:“过了关门三岔沟，你要走啊（哪）一条路哩？《三国演义》《杨家将》十八本,你要听啊（哪）一段曲哩？”

火是点起来了。先来几曲让我解解闷吧，我的憨厚而争强的山里哥。我首点《三国演义》。

“三国时候的刘关张，桃园里结了个弟兄；我俩虽说两母生，实拉拉要交个心哩。”一语双关，果然不可小觑。

“《杨家将》？”

“提起杨家老公公，忠心保了个大宋；但要你给我交实心，我舍个五尺的身哩。”

《西游记》《白蛇传》《孟姜女》《水浒传》……无题不晓，无所不通，真有两下子呢。且多为即兴编吟，比兴贴切，韵律也运用自如。

“你肚子里有多少‘花儿’？”

老兄还在赌气呢，依然是“花儿”作答，语气都是硬邦邦的：“大骡子驮给个八百驮，尕驴儿驮给千驮；正月初一唱开头，腊月底唱给者半肚。”

你听听！这气氛是该缓和一下了。我转了话题：“你大爷（哥）念了几年书？”

他摇摇头，一脸苦笑：“川里的尕驴不上山，川里的先生谁站？b、p、m、f 地教三天，四天上再没有扰面。”

我不无惋惜：“你真是个天才，可惜缺了文化。不然，可以报考艺术学院,或到哪个歌舞团专门演唱‘花儿’。哎，你听过 ××× 唱的‘花儿’吗？”

他却不以为然：“啊嗯啊嗯地吼半天，四月天河滩的叫驴儿发情；咕哒咕哒地叫半夜，两半夜，掉架的母鸡儿叫鸣。”

狂妄！井蛙之见！见他如此糟蹋人，我有点愤愤然了。转念一想,他虽说言词不恭,却多少说明问题。本来“花儿”是心声的自然流露，容不得半点的矫揉造作。我不排斥洋为中用,但“花儿”毕竟是“花儿”,有它独特的韵律,而掺进一些西洋唱法，显得不伦不类，反而失去了原有的美感。缺少艺术感染力的唱法，只能倒听众的胃口，哪怕演员的音质再好。别人不买账，谁奈其何？！

话虽如此说，我还是想挫挫他的盛气：“你敢同他们对台吗？”

“敢！为什么不敢？你叫他们来，我……”

“哎呀，你忘了用‘花儿’回答。”

他拍了拍脑门，张口便来：“城里的唱家进山来，要摆个‘花儿’的擂台；说哩笑哩地走上来，哭哩喊哩地离开。”

真没台了。

“说了大半天,还没能欣赏你大爷（哥）的金嗓子呢。”嘿嘿，吹牛不上税是真的，但也得准备点儿本钱。

他听出了我的弦外之音，鼻孔里“哼”了一声，甩掉手中拐杖，束紧了腰带，走向崖头，面对林山，手托腮帮便放开歌喉：

哎尕妹——是——牡丹者——哎哟花园里展呀——

哎哟——阿缸（哥）是虚空的凤凰者哟——我的个三花草——

哎千戏嘛——万戏者——哎哟戏不了上呀——

哎哟——碰死在牡丹的身旁者呀——我的个三花草……

我眼际变得光怪陆离：山头摇曳的是“花儿”，山涧流淌的是“花儿”，空中飘荡的是“花儿”，地面绽开的也是“花儿”……流动着，旋转着，闪着彩光，喷着芳香……

不得不承认，我的心灵在久久震颤！这还是生平第二次。第一次是在倾听胡松华唱《赞歌》之际。

“唱得真不错！”我长吁一口气，赞美的语言脱口而出。

“深山里山丹年年开，开不败的才算好花;孟达里‘花儿’天天唱，唱不赢的才算‘唱家’”。是自夸？是自谦？是揶揄？是感慨？是愚者的轻浮？是哲人的深沉……咀嚼半晌，竟不得其味……

偏僻的地理环境造成了山里人一代代文化心野的贫瘠，而文化艺术的空白又使民族口头文化得以繁荣。远离文明，也就远离了伴随文明衍生的某些污染物，山里人的心潭是纯净的。而这种借以沾沾自喜的纯净，又多少使自己安于自囿，缺乏与外界的沟通和交流。祖祖辈辈在向往文明，一旦现代文明被世纪风卷裹着呼啸而至，他们却变得头晕目眩，又赶紧关闭心潭的闸门。怎么才能使其承受风浪的冲击而又不受污染？借一句诗的语言来说，汇百流而得淙淙，弃污浊而呈粼粼呢？！我苦苦思索着。

烦恼似乎只是无聊者的消遣物，斯力毛就不受这种折磨，一路上又是说笑又是吟唱，自得其乐。直到离塔沙坡村口不远了，他才意犹未尽地吟两句“花儿”打住：

“庄子里到了胡嫑唱，胡唱时老人们骂哩。”

干妈

干妈，您还记得我吗？

我便是二十二年前的冬日在您家住一宿，留下一张小小照片的那个又瘦又小的沟里娃，您记得吗？

我便是吊着不幸骨折而打上石膏的右胳膊，由您的独生子领进家门的那个中学生，您记得吗？

我便是您留着心痛的泪水，端来一盆热水泡洗肿了的双腿，用烧红的针挑破脚掌水泡的那个“长征队员”，您还记得吗？

啊，您倏然一亮的眼神告诉我：“您终于认出我了。”

是的，正是我，真的是我呀！

您号啕了，泪雨滂沱。

干妈，您责怪我吧！怪我这么多年来不该不去探望您。虽说有这样那样的足以解释的理由，但，在此刻，一切的辩解都显得苍白……

光阴如流水。

二十二年，您健壮的体魄变得老态龙钟，而我吃“而立”的饭亦有几年了。您孟达峡谷般的颜面，镂刻着二十二年的渴盼和失望，而我杂乱的心库，亦贮存着二十二年的夙愿和愧疚……

话头，该怎样扯起？

那是一九六六年十二月二十三日。我喃喃自语。

那天是“头九”的第三天，头天夜里好一场大雪。您喃喃补充。

不用寻觅，情景依稀，只是少了一个人的身影，干妈的独生子，我憨厚的同龄兄长白克日，离别亲人，永远到了另一个世界（愿真主接受他的归顺）。

大炕桌上摆满了核桃，我眼前闪现的却是木炭火盆，烧着一圈冻软梨。一把把去了壳的核桃仁塞在我手中，我接过的又是一只只剥了皮的软梨……

无言许久……

我以为您把我们忘了呢。轻轻一句，包含着抱怨、期待、理解、宽容。

怎能呢？只是……辩白又显得多余。

我当您同我儿子一样，也……去了呢。抽泣不已，心酸中包含欣慰。

“我，是，哦不不……”语无伦次。怎样说清呢？难道说：其实，我曾两度来探望过您，只是……不，不能这样说。

树皮样的手掌，抚摩着树枝般的手指：总算见到您了……

湿润的眼眸，端详着饱经风霜的容颜：还是那样慈祥……

“看过白克日的坟吗？”语气平静，隐藏着深深的凄楚。“看过，在坟头接了‘都瓦’呢！”我心中多少有点儿坦然。

稀里糊涂地“长征”，莫名其妙地“回营”。正值“复课闹革命”，传来白克日大哥病故的噩耗。我半夜启程，步行二十公里山路赶到孟达。到了村头却踟蹰不决：衣着褴褛，身无分文，与叫花子一般无二，又怎可进人家的门呢？末了，还是学父亲去邻村给奶奶上坟的样子，蹲在白克日哥坟前，默默祷告一阵，流泪一阵，连夜赶回。翌年，又是一回。然而，探望干妈事，自一九七〇年去省城上学，毕业留校，一直是夙愿未了。

“如果我儿子在世，也有你这么大了。”您又撩衣角抹泪了。

不！您老人家还在儿子在，就在您身边，干——妈！

一阵眩晕，您倒在我怀中，似乎睡着了。

一层庄重的情感，自我心头升腾。

缓缓地，您扬起泪脸。泪脸对泪脸，贴得紧紧的……

世上还有什么比这更令人心灵震颤的呢——一缕缕的母爱，透过斯磨的额角，徐徐融入我肌肤脉管，使我心潭翻滚起感情的波澜！

我亦感到由衷的欣慰：一颗不幸破碎、屡屡流血的慈母心，在感情之光的折射下渐渐愈合。

——感情，原始神奇的晶体。

睡吧，走了这么多的远路，该歇息了。您温暖的双手，硬是把我五尺长的身子推进铺好的被褥里。

欲离又止，欲说还休。干妈哟，您心里好矛盾！

当您又一次蹑手蹑脚挪回炕沿，轻声呼唤“我的儿”的时候，我听见自己的心灵在呻吟……

——感情的晶体，在愈治创伤心灵的同时，也能击碎脆弱的心灵。

干妈哟……

马　丁

父亲

男人

马丁，本名马学功，撒拉族，青海循化人，中国作家协会会员，编审。写过诗，主持过文学期刊。作品曾获全国少数民族文学“骏马奖”、省政府文艺创作奖等奖项。部分作品被译成英语、塞尔维亚语、韩语及国内多种少数民族语言。

父 亲

五月的一天下午，到办公室刚看过几页书稿，耳边仿佛隐隐地又听见这两天父亲常问的几句话：

“塔尔寺好看吗？”

“当天能回来吗？”

“要多少钱的车费？”

我像是猛然间醒悟到了什么，向同事说一声“下午有点事”，便匆匆下楼来。

声名远播的塔尔寺是藏传佛教格鲁派创始人宗喀巴大师的诞生地，位于西宁之南的湟中县，不算太远。父亲肯定听说过，他可能想去转一转看一看。只是我以为一个佛教寺院与一位穆斯林之间，没有信仰上的干系，也就没有列入父亲在西宁的游玩日程。而作为一大名胜景点，何尝不可以是一处游玩之地?

我陪父亲来到西门，已近3点，匆匆上了开往塔尔寺的班车。

自出了屋，我没听到父亲说一句话，他只管默默地紧随着我，穿马路，赶公共汽车，倒像是一个未曾出过门的孩子，时时小心地紧跟在一个十分可靠而又严酷的大人后头。此时，我多想听听父亲说点什么，或问一声“这是到什么地方”，等等。然而父亲的脸一直朝向窗外，脸色一如平时，沉沉的，多一层冷峻。他是在欣赏这尚青未青的景色吧！自觉不便打扰他，我也随他的目光追逐起田野风物，不禁进入飘忽的思绪里。

自从我大学毕业被分配到了省城，父亲这是第三次来西宁，前两次是专程来看我。这次是送前去唐古拉搞副业的弟弟，顺便到我这里住几天，用他自己的话说，“在大学生儿子身边享几天福”。

父亲每次来，都不曾先捎个信儿打声招呼，总在你料想不到时突然出现于眼前。就说这次吧，是上个星期六下午晚饭后，我正在散步，刚走到大门口，父亲的身影便突然拐了进来。他那棉帽和半旧的青色华达呢大衣上，积得一层尘土，右手提着黄帆布大提包，身子向左弓斜着。我忙呼一声“色兰”，双手接过沉甸甸的提包，埋怨他事先不捎个信儿来，我该到车站去接。他却说，怕我心里多一件事，耽误了工作；说包里是几十斤家乡面，比城里卖的面白、细，吃着香，他还能提得起；还说他手提肩背着惯了，闲手空肩的，走路反倒不自在，倒劝慰起我来。

父亲中高个头，属于偏瘦精干型。父亲的脸色原本也是很明朗的，这十多年来，不知是村外的田地，还是田外的山色，赋予了他一面冷峻，像是青红的色板上再涂了一层淡淡的紫色，如孟达峡北岸青紫色的积石山。父亲极少训骂我们兄妹几个，尤其是一直读书在外、很少在他身边的我。其实不用他骂，一旦做了错事，只要一看着那脸那眼睛，心里就隐隐地有些怕，便也警惕着怎样做好下一桩事。因之，父亲在我的心里，甚至有些不够慈爱了。七八年前，父亲骂过我一次，至今想起还有点脸烧。那时我高中毕业，还不确定能否参加高考之前，在离家 15 公里远的一所学校，当每月 15 元工资的临时代课教师。供帮了 10 年，到头来还不能自食其力，谁知父亲心里是个啥滋味儿。我每次回家，都发现父亲在蒙头大睡，生产队的活也装病不去干，且时不时向母亲出气，向我们几个兄妹出气。一个星期六下午，我向父亲要两块钱，想买两本高考复习资料。父亲一听，眼睛一瞪，阴沉着脸，将手中的碗筷往炕桌上一扔："你当钱是打天上飘来的雪花？你没尝出这顿饭里又断了盐吗？"等消了气，才又拉我到身边说："孟达人半年靠田半年靠山，只要山在，一驮柴打下来，可卖几块钱，还怕不给你那两块钱吗？可这年头，天天喊着'割尾巴'，山也靠不得了，这一堵了山路，许多人家油盐酱醋都断了哩。"末了，父亲以商量的口气说："你算不得队里人，就是队干部发现了，也不会把你怎么的，明早，赶上毛驴上山，打一趟柴回来卖了。"当晚，父亲亲手将鞍上的旧麻绳换成了一条崭新的三股子牛皮绳——大概是怕旧绳断了，驮子翻了，路上苦了我了。第二天天不亮，我腰别一把斧头，赶着备鞍的毛驴进山，拼尽浑身能耐，好不容易驮了一驮柴回来。父亲迎出来帮我卸驮。卸着卸着，父亲的眼睛盯在了一处皮绳上，那里，三股子皮绳断了一股："没学会挣一分钱的本事！上一趟山，把一条新新的皮绳给我搞断了一股，真是个××！"我是能掂量得出，那时节一条十来块钱的皮绳在他心目中的价值与分量。可这是父亲第一次骂我，而且骂得那么难听！我扔下一边的驮子，冲出大门，跑到黄河岸，大颗大颗的泪珠不住地往下落。我委屈得哭出了声，哭得好伤心！

人生如打墙的板，上下里翻。我终于有了能使父亲高兴的日子！1978 年年初的一天下午，当我将中央民族学院的录取通知书递给父亲时，他有些不敢相信！他从炕头的破皮箱里找出以前当生产队会计时用的老花镜，上上下下地看了足足有四五遍，突然比我还要兴奋不已，竟坐到北房台阶上，脸向天空，微张着口，说不出一句话来。这一夜，父亲特地叫我去跟他睡在一起。父亲仰躺着，自言自语，说我能工作了，能当干部了；说我可以坐火车了，能看到真的天安门城楼了，如果命好，还能见到国家领导人哩；说我们家有福，我是全庄子的光彩；要我走了后多给家里写信，不要心大了，心野了；不要太争强好胜，凡事宁可忍让，吃亏是福……这一夜父亲几乎没有合眼，陪着我，听着炕对面八仙桌上闹钟“嘀嗒、嘀嗒”的声音到天亮。此后几年，我每次返校，父亲都送我到县城，等上了开往省城的班车，招着手，目送我远去。

大学毕业了，我被留在西宁工作。我知道，家里每年给我的费用近乎全家人生活开支的一半，父亲一定在等我快些毕业，好减轻负担。当我带着头一个月的工资回到家，除了路上用掉的车钱和饭钱外，都交给了父亲时，他只取出 20 元，又还给我，说：“这就够哩，买几包茶，给亲戚邻居们送送，算是你的礼物。你还得去看老师，见同学，你要活人哩！”我只觉得鼻根里酸酸的。我说在大城市工作花的钱多，怕往后给家里帮不了多大忙；若家里不同意，我还可以要求调到县里来。父亲听后,有些生气了:“傻话！村里人想见见大城市都去不了哩。家里事你不要管，只管一心工作好了。走对了路子，比你那钱更要紧。等日后娶了媳妇有了家，把我和你阿妈接到西宁，住上一年半载的，就算没白养大你了。”说着,同身边的母亲甜甜地对着笑了。

临走的前两天夜里，按一如既往的规矩，分家另住的哥哥一家人，都过来吃团圆饭。父亲说这次他还是要送我到县城。我很高兴，并默默地感激着。可到了第二天夜里临睡前，我收拾好自己的东西，去问父亲该替他收拾点儿什么,父亲在被窝里翻过身,下巴尖顶着枕头,思谋了半天,忽然说他不送我了。我问他昨天刚定好的，一夜间怎么又变卦了。父亲索性坐起，盘腿在被下，若有所思地说:“你上大学的这四年，每次回家，我都送你到县城，这回还想再送你一次。这几年，家里头日子也过好了，你们兄妹几个都长大了。尤其是你，庄子上的第一个大学生就出在我们家，说句心里话，站在门口，走在巷道，腰也硬了，脸上也亮了。有时候想着，就是入土了，也满足哩。本来想，这次到县城后，你和我能并肩地走走，你见了同学和老师，介绍一下我是你父亲，我碰上相识的人，说说你是我儿子，那该有多好！可一到县里，找你的同学朋友那么多，我怕成了你的累赘……”

打那以后，我感觉父亲对我好像疏远了，不自然了。我暗暗思忖着一定要拉近父子间的距离，拿我的孝心，给他的晚年添些快乐。这次来西宁后的第二天，就去裁缝店给他定做了一套中山装。领他下了馆子，又买了麦乳精给他泡。怕他在家里睡惯了热炕，会受冷，就买来了电热毯；怕他一人待在屋里寂寞，尽量多抽时间陪他逛人民公园和百货商场，还陪他去电影院和戏院，还特意坐上火车到平安驿逛了一次。

可是，依然有一种摸不着理不清的东西，似雾如纱般垂隔在我与父亲的心灵之间，怎么也拨不开驱不散。有那么两三回，我无意中还发现，父亲在我趴桌子看书或写字的当儿，久久地盯着我的背影，好像要再一次辨认我是不是他养大的儿子。甚而有一天早晨，我泡好了麦乳精，买来油条、包子，说："吃早饭了。”他却神情不安答非所问地说："你看吧。”再说这次上塔尔寺的事，他完全可以理直气壮地命令我："儿子，领我去塔尔寺看看！”我能不陪他去吗？！他却一直拐弯抹角，欲言又止……

唉，父亲哪！

一阵颠簸，我被唤醒到眼前：塔尔寺快到了，而日头也已向西斜去。

塔尔寺门前，有不少人在排队照相。我想，我们也应该照一张相，让父亲带回家去，添一份夸耀的凭据。可是转了半圈，该进大经堂了，却已关门。到了塔尔寺不进大经堂，如同到了西宁没去大十字，很是扫兴。我只好笼统地打比方介绍说：“其实，这大经堂和我们村庄上清真寺里的大堂间也差不多，只是教门不同，多一些塑像、酥油灯而已。”说是这么说，心里仍过意不去。好在小镇两旁多有清真饭馆，可以让父亲美餐一顿。左右比较，选准一家干净亮堂的饭馆，要来盖碗茶、瓜子、手抓，还有两小盘炒菜，想以充实的口福来填补父亲眼福的不足。父亲直怨我要多了，不该花那么多钱。自然，这是我料想中的。

这一顿饭虽然减轻了我的愧疚，却把最后一班车给放走了。父亲可急了，一边连连地叹气，一边以无助的眼神望着我，似乎我能马上叫辆车来。我说回不去就回不去呗，又不是深夜迷路在山野里，起码有旅馆住嘛。可他仍站在街边说等等顺风车，哪怕有辆手扶拖拉机也行。

在呼呼的冷风里来来回回地踱着步，一直等到快8点，没有看见一辆去西宁的车。我硬拉着父亲进了旅馆。我刚掏出钱要开房，父亲按住了我的手："你先算算看，我们坐车来花了多长时间？要走着回去，几个小时能到西宁……"我不得不说破了嘴皮才使他安心住下。

进了房间，四张床铺，只住着我和父亲。我仰躺在床上打盹，父亲面向我，坐在对面的床沿上，还在一个劲儿地自言自语："唉，已经花了不少了，又得白出这四块钱，明天怕是还得误了工作哩。唉！都怪我哩，都怪我哩……"

迷迷糊糊地，我像是睡了一觉了。父亲还在那儿一动不动。我说睡吧，明天一早得起床。他这才脱了鞋，上了床，正要脱上衣的当儿，似乎是想起了什么，迅速地将右手伸进缝在上衣里子的小兜，摸出一张发皱而又很认真地叠着的两块钱，递过来。我好奇地问他这是做什么，他说是明天买车票的，怕我的钱花完了。我说我身上还有钱，就算没有，明天买票时给我也不迟啊。

父亲干瘦的拿着钱的手，仍不肯收回去。只见那手背和袖口外小臂上的青筋，明显地鼓了起来，粗了起来，脸上浮现出几丝些微的笑纹——如果不是我好奇地盯着他的眼睛和嘴角，是很难觉察到的，他说："嘿嘿，拿着吧，你一身城里人的俊模样，两个人坐一块，要我拿钱给你买票，车上那么多人，会咋样看你，咋样说你。傻孩子……”

我呆呆地望着父亲，望着父亲手里那张发皱而又叠得很认真的两块钱，不禁又想起多年前我为两块钱而挨骂的情形，接也不是，不接也不是，心头一阵五味杂陈……

男　人

沿金峰路向西，走过连接东、西金峰路的格尔木河桥，便进入了格尔木市的河西区域。河西两三百米处，靠街北，有一栋新建不久、引人注目的建筑，楼顶有四个醒目大字：高原饭店。它高四层：第一层在街面之下，面朝后院，一部分为客房，另一部分为库房和门卫室之用。第一层是餐厅和商店门面；第二层是客房；其余是饭店主人及其家属的住所。那规模，那气派，如果不是我们亲自采访，很难相信这是一家私营企业。然而，这的的确确是一个断断续续只读过三年小学的撒拉族农民投资新建的私营饭店。他，便是饭店经理、撒拉族农民企业家韩忠兴，他有个有趣的别名，叫麻加保。无论在格尔木还是在循化，你问及他的学名韩忠兴，或许没有几个人能想到他的头上，但一提到孟达山的麻加保，则无人不知，无人不晓。

我们被热情的主人迎进了高原饭店。穿过宽敞、洁净、明亮的餐厅，向右拐，拾级而上，至楼梯顶口，眼前豁然一片天台，依栏遥望，半个格尔木城尽收眼底。天台西头，就在楼梯口右侧,是主人的住所。掀帘入门,偌大的客厅内，摆满了新式沙发，沙发前是茶色玻璃砖的条几，内墙由阿拉伯风格的壁毯和精致的风景画装饰着，整个客厅显得气派非凡而富有情调。在客厅的北墙和西墙，间隔设有三个从客厅进出的门扇，是主人及家属的卧室。我想，在无须他插手饭店业务的更多的白天和夜晚，韩忠兴就在这大楼之上，在他的卧室或这间客厅里，细细回味着自己不平凡的人生经历，精心描绘着未来蓝图，那将是怎样一种富有诗意的情景呢！

韩忠兴一米八以上的个头，圆脸，身材魁梧。那件蓝色毛华达呢中山装总是习惯地披在肩上，和所有撒拉族中青年人一样，头戴一顶前檐蓝帽。他想一些问题时，眉头挑起，眼睛盯着脚尖，让你几乎听不到他喘气的声音。那一天，他就这样坐在我们对面的沙发上，不时地起来给我们碗子里添水。当我们一边品尝三泡台碗子中的冰糖茶水，一边说明来意和想法时，这位壮汉竟显得有些拘束、不安起来，竟那么腼腆，不知这话头到底该从哪儿说起。

我说随便聊聊吧。他的话题这才从高原饭店开始：高原饭店于 1992 年建成，从动工到竣工营业，只花了 5 个月时间。当时投资 37 万元。仅仅不过两年，眼下，有人出价 120 万元，相当于原造价的三倍，想买下高原饭店，而韩忠兴对此却无动于衷。这并不是说他不看重金钱，而是出于比金钱更深意义上的考虑。对于韩忠兴来说，这座矗立在格尔木河畔的四层大楼，凝结着他的汗水与心血，是他艰苦奋斗近 30 年取得的成果，是他创业道路上的一个里程碑，是向世人充分展示他——一个撒拉族农民的智慧与聪明才能的有力见证。

对一个世世代代面朝黄土背朝天、年年岁岁与粮食打交道而仍不能保证温饱生活的农民而言，这已经是个了不起的奇迹了。然而，韩忠兴毕竟是个想干一番大事业的人，一座高原饭店是拴不住他的心的。

他从沙发转角处取出一筒卷纸，将它摊开在条几上，原来是张绘制精细的建筑图纸，那上面，一座冠名伊贸大厦的豪华拐角大楼跃然纸上。根据图纸说明，大厦高五层，建筑面积 4000 平方米，大厦后院占地面积 10 多亩，预算总投资 600 万元。可满足旅客食宿、娱乐、停车、加油等一条龙服务。

这不是纸上谈兵。伊贸大厦已于 1993 年 8 月动工，计划到 1994 年 8 月竣工使用。大厦地址位于金峰路与中山路的西北角，格尔木儿童公园旁边。到竣工之日，一个在格尔木河东面，位东南角，一个在格尔木河西侧，处西北角，韩忠兴的伊贸大厦与高原饭店，恰好对角相望，各领风骚。

今年 45 岁的韩忠兴，不仅与共和国同龄，而且他 45 年的生活经历与人生体验，都与共和国的命运息息相关，几经磨难，几经艰辛，才唤得人生与事业的春天。纵观他的奋斗历程，之所以能走到今天，一是生活逼出来的，二是他骨子里头固有的敢闯敢拼、不甘落伍的精神，三是时代赋予了他施展聪明才智的绝好舞台。

韩忠兴出生在循化县街子一带最大家族的地主家庭，其父亲在当地是位造诣非凡、德高望重的大阿訇，曾在 20 世纪 50 年代作为全国十大阿訇之一，被选为中国伊斯兰协会副会长。在具有浓厚宗教氛围的撒拉族地区的农村，生活在这样一个家庭环境里，该是多么幸福和荣耀！然而，在那个特殊年代，韩忠兴一家被迫从三兰巴海村迁到了街子一带最艰苦、最贫困的孟达山。从此，伴随着韩忠兴的是苦难与艰辛的漫漫人生。

为了生存，从懂事以来的近三十年里，韩忠兴几乎接触到了一个农民的儿子所能接触到的一切行当：伐木、淘金、屠宰，修过路、造过房、挖过盐，当过木匠、毡匠、泥瓦匠，当过民工也做过包工头。他开过汽车也坐过飞机轮船，走过荒原雪地也闯过广州上海，享过福也受过罪，还因做虫草生意被抓进去，蹲过看守所。可以说，人生的酸甜苦辣被韩忠兴品尝殆尽。他细细回忆着这并不遥远的人生经历，颇多感慨，那声音时而如歌，时而如诉，时而哽咽着，说不出话来。

在农村，很长一段时间以来，如有谁家男孩出去一趟回来时，就有人这般赞叹道：“啊哟，这小子已经能挣钱了哎，有出息了哎，这家人还有什么难心的呢？”这似乎最能显示男子汉的形象与能耐的。

韩忠兴丢下心爱的书本，第一次出门挣钱，是在 20 世纪 60 年代中期，既是出于“男子汉形象”的考虑，但更多的是因为贫困生活的无奈所致。那时他才十五六岁，尚不是一个劳力，干其他活儿还没有他的份儿，只好跟着一个毡匠，去玉树做学徒。快到达目的地之前，先在一片山林中要割好多木条，以制作毡床，割好了一大捆后要背着赶路，还得背自己的行李，每走一步，都有腿要折了的感觉。开始接活擀毡了，他蹲在那儿，双手各握一根木条，抽打羊毛、牛毛，从早到晚不停地重复着这一机械动作，这是学徒分内的事。因为是第一次，掌握不准窍门，两手手指被蹭破皮流了血，模糊不堪，疼痛难忍。韩忠兴说，他从来没那么想过家、想过母亲呢！但是，一想起那个朦朦胧胧的荣誉和明确无误的使命，他硬是咬牙坚持了下来。

那些年，像这样的受苦经历，韩忠兴是数不过来的。也正是将这些说不完的经历作为人生途中的一面镜子，他才如此懂得珍惜今天拥有的一切，懂得如何在这美好的光阴里，抓紧赶路，走向未来。

1968 年，在黄南藏族自治州电厂工地，他修水渠挖泥浆，干的是苦力活。那时候韩忠兴已经算是劳力了，但在干这种苦力活的民工同胞中，他还是年纪最小的一个。那次的包工头是曼草日拿事，在曼草日拿事手下干活，苦大，在当时的包工头中是出了名的。民工分六个组，每组都有组长监督，韩忠兴被编在第一组。每组民工中，又根据表现和完成的劳动量，分四个等级，等级不同，得钱有多有少，名声也就良莠有别。不同等级间，虽说只有两三毛钱的差别，在当时却非同一般，更何况，与此相连的还有个“耳朵”问题。韩忠兴就是铁了心非拿第一不可，为了这个目标，拼出命来干活，挖泥浆时，比挖沙土和沙石要付出好几倍的力气。几天下来，握铁锹把的两个手心开始起泡，而后出血、结痂，长成老茧，再后来每到晚上收工，手还是呈握铁锹的样子，伸展不开，尤其是握了铁锹把的左手，即使用右手使劲掰，还是那样。左腿顶铁锹把地方的裤子，补了又补，足有五六层厚。腿上的血痂，回到家很长时间后，还是没有褪尽。工程最后评比时，第一组得了第一名，韩忠兴如愿以偿。回到家中，母亲看到儿子手上和腿上的伤痕，不知哭了几天几夜，她是心疼透了：“如果你爸爸在世，你是不会受这样的苦啊！”而韩忠兴则像个小孩，跪在地上，偎依着母亲的膝盖，心里在想：儿子是在那么多人中得了第一回来的啊，比起这荣誉，吃点苦又算得了什么呢！

维护荣誉，不只是韩忠兴一个人的追求。每个撒拉人都讲求荣誉，有个形象的说法，叫作“扎耳朵”，是“竖耳朵”

之意。在撒拉人心目中，这象征着荣誉的耳朵，具有与脑袋同等重要的意义。然而，每个人对荣誉含义的理解有所不同。比如，为了维护荣誉和名声，再苦再难的活儿，几乎人人会去干的。但要他们去淘别人的厕所呢？大多数人未必会去做。可韩忠兴就淘过。那是 1972 年，他们一帮民工去果洛藏族自治州甘德县搞副业，但到那里好几天了，却找不到活儿。他去县民贸局一位熟人那里，央求人家帮忙牵线找一些活儿，那熟人说实在没办法，县上几乎没有什么工程。韩忠兴只好茫然地回到住的地方。他前脚刚进门，那位好心人后脚就跟了进来，问:“局里的厕所需要淘，给 200 元，你们干不干？”没有一个人肯出声的，还是韩忠兴站起来说：“我干！”遂跟那熟人去，挽起了袖子就干了起来，只用了两三个小时便干完，拿了 200 元。说来也怪，这消息不知怎么不胫而走，在整个县城传开了，一见韩忠兴，竖起大拇指：“撒拉娃实在！”这一举，使韩忠兴获得了信誉，稳住了脚跟，从此，甘德县城上一旦有啥活儿，就让他去干，一连干了好几年。韩忠兴说得好：“我们远离家乡和亲人，干什么去了？两三个小时挣 200 元，哪有这样的副业？不该为淘厕所感到羞耻，作为一家之主的男子汉，如果让他们吃不饱穿不暖，那才是一个男人最大的耻辱。”

为了挣钱，以维持家中好几口人的生活，韩忠兴从十多岁起离家奔波，只要是出力气能挣钱的活，什么都干，吃尽了苦头，流够了汗水，他都想不起来一年中有几天是可以回到家中睡个囫囵觉的。

茫茫人生，错综路途。在探索的人生途中，人难免有走岔路的时候，韩忠兴也不例外。提起那次经历，韩忠兴变得沉重，他说那是他一生中最难忘的经历，因为那次走错的一步，不仅损失了十几万元，一落千丈，甚至一下子跌至人生的谷底，而且对自己和家人的身心更是一场灾难。灾难之一，便是姐姐因他而哭坏了双眼，至今只能倚杖摸索着行走。

那是 20 世纪 80 年代的第一个年头。人们重新发现了冬虫夏草的价值。尽管韩忠兴知道，那时候国家还没有放开私人买卖虫草的市场，转而又想，毕竟不是买卖枪支毒品，伤天害理，何况有不少人已经尝到了私自经营虫草的甜头。一直凭力气安安分分挣钱的韩忠兴，在这一年的某一日，也为之动了心。他东拼西凑，连同自己一些血汗积蓄都搭了进去，收购了虫草，想带到广州碰碰运气，卖个好价钱。不料，被公安机关发现，关进了西宁土巷道看守所。几个月后放出来，他哥哥等在看守所门口接他回家。走出土巷道，来到柏油路上，他感觉不对，路面怎么是绿色的？像是刚刷过绿漆似的，心里还嘀咕着：拿漆刷在路面上做什么？再用脚蹭几下，分明是硬路面。他哥哥见他在那儿只纳闷儿不走路，便发觉情况不妙，遂让他看远处的大树。他说大树是一团黑色。又问他对家中情况的印象，他一一说出，说明思维正常，他哥这才放下心来。许是在里面待得久了，猛地出来，眼睛不适应。原来，他哥是担心他大脑受了刺激，导致思维都混乱了。回到家后，老母亲因担心他而病倒在炕上，只拉着他的手，说不出半句话来。而他的姐姐，自打他关进去几个月，也就哭了几个月，还不敢当着丈夫和孩子的面出声流泪，就独自走到田头或打麦场边，也不知西宁在哪儿，光听说是在北山方向，便望着北山山头和山头上的天空，哭啊哭啊，痛哭着、思念着、祈祷着，终于因他而哭瞎了眼睛。他的姐姐还健在，但也只能拄着拐杖勉强行走。每当想起姐姐，韩忠兴的心一阵悸动，有时像是刀割了一般，他觉得他的心在流血。

那一次经历，是韩忠兴一生的一个重要转折点。他永远也忘不了那次回到家中好长时间后，老母亲拉着他的手说出的哲人般的话："儿啊，金钱之于人心，就像黑海里扔石子儿，没有个填满的时候。人生一世，不过是个驿站，千万不必太认真。”他明白母亲话中的弦外之音：母亲了解儿子不甘寂寞的性格，让他从此守着炕头不出门是不可能的，容许他去闯，但绝不容许再做与政策和法律所不允许的事情。是的，他理解母亲的操劳之心和难言之隐。她在那个年代，大半个人生是在歧视中度过的，受尽了磨难，她还能经得起几次生活的风雨和心灵的挫折呢？！跌倒后的韩忠兴是清醒的，同时也变得更加成熟和坚强：吃一堑长一智，走错一步跌倒了，只有再爬起来，找准自己的位置，选择好正确可行的路子，迎头赶上，才能找到寒冬之后的春天。

他想起了格尔木，确切地说，是想起了一位在格尔木工作的朋友。这位朋友与他同龄同村，门对着门，从小一起玩泥巴长大。虽然碍于脸面，有过一夜的犹豫，但此时的韩忠兴已是山穷水尽，顾不了那么多，就去找他，求他帮忙找些活干。

韩忠兴扛起一把铁锨，将手中仅有的几十元钱作为路费，上了开往格尔木的班车。他说，那大概是1982年的秋天。

这是吉祥的一步。韩忠兴后来成就的大业，便是从这一步开始的。

这吉祥的熹微，是在他到达格尔木几天之后，便照在了他的头上。韩忠兴到格尔木后，顾不上找饭馆吃碗饭，直奔朋友家。听说朋友一个五六岁大的孩子下病危通知已有两三天了，朋友正在医院守护病危中的孩子。韩忠兴跑到医院，老朋友见面，亲切无比，那朋友似乎也忘记了笼罩着的痛苦，无话不谈。当得知他的来意，朋友爽快的一席话更加感人："孩子已经这样了，谁守都是一个守，从现在起，你替我守孩子，我为你找活。孩子过去了，是真主的口唤；孩子活过来，是我们大家的福气。"几天之后，喜来有双：孩子在医生的全力抢救下，奇迹般地活了过来，同时，那朋友也带来了好消息，在盐场为他联系了一二十个人挖盐的活儿，韩忠兴可以当包工头了！

从那以后，韩忠兴开始了自己一页又一页崭新的创业篇章，尽管有或雨或风的时日，但更多的则是灿烂阳光和创业的喜悦：

——他带领几十人挖盐，既是包工头，更是普通民工，虽说活是辛苦些，但腰揣着凭力气挣来的钱，心里是踏实的；

——他看中运输市场，在全循化农民中率先购买一辆卡车，招揽各种货物运输业务，以格尔木为中心，驾车跑遍西部各地；

——后来人们又发现他驾驶着大轿车，活跃在青藏高原的客运队伍中；

——1986年后，他与省木材公司联营，组织车辆，将西藏的木材运到格尔木乃至西宁，做起木材生意，自己索性不再驾车，只管坐镇指挥。

韩忠兴的腰包开始鼓起来了……

然而，韩忠兴并没有陶醉其中。他比任何人都懂得他的一个个铜板儿，是他一滴滴汗水凝结而成，是他身上掉下的肉、心尖滴下的血换来的。因而，他没有像其他更多的同胞那样边挣钱边享受，或者花在回家盖新房等消费上。他知道这钱该怎么花，怎样才更有意义和价值。

他把钱投资到了高原饭店。

继而又跃上了伊贸大厦。

这是一个大胆而果断的抉择，也体现着一个男人的远见与魄力。

撒玛尔罕

撒拉尔：舌尖上的词语密码

撒玛尔罕，男，撒拉族，1968年2月出生，中国作家协会会员，在《中国作家》《诗刊》《民族文学》等国内外报刊发表诗作1000余首。著有诗集《清水微澜》《孤独与花园》《撒玛尔罕长诗选》等共6部，获青海省政府第六届文艺创作奖等省级以上奖项十余种。

撒拉尔：舌尖上的词语密码

清洁的火焰

火焰是燃烧的，热烈的，是焚毁的。

在撒拉人的生活中，当“奥特卡玛”（撒拉语里是形容词，是“火焰般”的意思）这个词从他们的舌尖上发出来时，火就是耀眼的美，清洁的美，更是仇恨的目光，锋利的剑。

有一年秋天，我驱车赶往循化参加一位堂兄的新房落成贺宴，撒拉人生活的这块川地，正好处在青藏高原边缘地带的小积石山下，发源于巴颜喀拉的黄河犹如奔腾的马群，扬鬃奋蹄，嘶鸣着从山下泻涌而过，撒拉人就生活在这条河流两岸。他们的村庄与北方大地上所有的农户人家一样，大都是坐北朝南的土木结构房子。这种房子冬暖夏凉，宽敞明亮，深得撒拉人喜爱。这天前来贺房的人很多，年岁相仿的亲戚们聚集在院子里，谈论新房的地基、几十道花槽及木工的雕技，有人不断地竖起大拇指赞叹“奥特卡玛，奥特卡玛”。这是我从小就经常听到的一个词，我周围的男子，只要平常看到美丽的、值得赞美的事物，总是这么赞叹。相信这种既不夸张又恰到好处的赞美之词像夏季凉爽的泉水，从祖先的唇齿之间一直连绵到了今天。当他们窥视俊俏的女子时这么说，看到美丽的景色、绝伦的技艺，包括房屋和桥梁，甚至一把锋利的刀，或者一座高山都会这么说。总是把一切美好的东西或者棱角分明的东西，时时刻刻与火焰联系在一块儿。“奥特卡玛”到底是怎样的一个词呢？它源自哪里？我从内心深处感到一种莫名的疑惑，那是怎样的一团谜？

还是一次婚礼现场，前往女方家送礼念“尼卡亥”的年轻人们，一路上都在谈论新娘的美艳容貌，“奥特卡玛”不断地从年轻小伙子们的嘴里蹦出来。这时候，如果你仔细观察这群年轻人说出这个词时的表情，那种满满的幸福感，从心底里如潮水般翻涌而来的羡慕感，撒拉少年特有的那种似语而非的羞涩感和相视即可会意的神秘感，在他们的脸上绽放开来，一种复杂的抑制不住的青春激情从眼神、嘴角荡漾开来。

“奥特卡玛”这个从唇齿间喷射出来的火焰,从古至今，始终燃烧在人类文明发展史的高空，照耀每个民族的探索之路。在古希腊的神话里，宙斯为报复普罗米修斯，拒绝向人类播撒火种，妄图使人类永远生活在黑暗里。普罗米修斯机敏地找来一根茴香秆，把它伸到驰来的太阳车上，带着闪烁的火种回到下界，造福了人类。远古突厥人认为火是万物之神的创造，是祖先力量的体现，他们相信火是清洁者的神圣力量，保护人类的繁衍生息。7 世纪初玄奘大师路经西域时就有记载：“王及百姓，不信佛法，以事火为道。”这一段记述，记载了突厥尚火的事实。蒙古人更是坚信万物万事是被火净化，无论王公贵族还是平民百姓，礼尚往来中的礼物都得从两堆火之间通过，以示净化，避免邪恶和巫术。而哈萨克人举行婚礼时，新娘要往毡房正中的火炉里撒一碗酥油或者羊油，以火焰满室为吉祥。塔吉克人则在重要节日门口点燃芨芨草堆，穿新戴花，众人唱震撼人心的火之赞歌，跳舞姿奇异的火舞。

火给人类带来光明和热量。它是光明、幸福、洁净和慈爱的神，是驱散黑暗和一切邪恶的力量源泉。在撒拉人的眼里，火是至净至美的目光，是清洁所有污秽的泉水，是美丽端庄的新娘，更是刀锋般锋利的仇恨，愤怒中吞噬和摧毁一切的灾难。

当有一位身材高挑、穿着时髦、长发飘逸、羞涩漫漫的女子用纱巾捂着嘴角从巷口惊鹿般跃过时，年轻的男子会说：啊，真是火焰般的女子。这个火焰是美丽的、贞洁的、青春的，更是一种扑向男子心灵的情感豹子，是浸润男子心扉的清泉，或者是一场期望中的细雨，是追求的渴望。当看到一座建造考究、雕技纯熟、高大阔气的房子，男人们准会说：火焰般的房子。这种火焰是端庄的、赞叹的，是对匠人技艺的赞美，更是对主人家的精心设计和苦心修建付出的劳动汗水的赞颂。

撒拉人会把锋利的刀锋赞美地说成是火焰，把男子的仇恨和愤怒的目光形容成喷射的火焰。当遇到难以解决的棘手问题时，他们就说手心里捧上了火焰，当有灾难降临或者惹上口舌是非，就说某人头上点着了火焰。这在哈萨克、塔吉克、维吾尔族的日常生活中都是一种调侃。

是的，是与突厥有关，与远古的突厥民族有关。

我想起远古苍茫的历史，撒拉人祖先的那段故事不得不从欧亚大陆的中心撒马尔罕讲起。

撒马尔罕的历史最早可追溯到公元前 5 世纪，善于经商的粟特人把这座城市建造成了一座美轮美奂的梦幻般的都城。粟特人在撒马尔罕的历史上书写了灿烂的文化和辉煌的艺术，他们信仰祆教，崇拜火的图腾。他们把辉煌鲜活的艺术雕入壁画，把信仰和文化一点点渗入周边民族的骨髓。深深地融透了撒拉人祖先的血缘和骨髓，撒拉族的先民尊崇火、敬畏火的精神元素也跟粟特人崇拜火的信仰有一定关系，无论撒拉人的祖先是否崇拜过火，但在精神层面或曾受到过拜火教的深远影响。

记得很小的时候，孩子们总是在午夜的巷子深处，喜欢聚集在一起玩一种游戏。吃过晚饭，领头的孩子准时站在巷子中央的土堆上唱一首古老的民歌："小伙伴们，快来呀，今天来玩的给一双鞋子，明天来玩的给一双袜子，快来呀，快来呀……"这个游戏，就是小伙伴们先分头捡些树木枝干或者干草破布，堆到一起把它点燃，然后排成长队摆出很多种姿态，按顺序在火堆上跳来跳去。或者，在空旷的打麦场上点起一堆篝火，围成一圈讲述从祖母那里听来的遥远故事，唱着从老人屋里学来的歌谣。故事大都与迁徙有关，与战天斗地的英雄和王子有关，与情伤肝烂的爱情有关，与火焰有关。讲完唱完故事的小伙伴们深夜回家，必须先站在院子里的炕洞前熏熏烟火，驱驱邪恶才能进屋睡觉。这是千年的规矩，也是撒拉人从小就铭记在心的与火焰的一种契约，是俗成的一种约定。

撒拉人绝对不会在神圣的火焰里丢弃粮食和给养人类的食物，那是对火的一种亵渎，是对食物的不恭不敬；更不会往火堆里撒尿或者泼洒不洁净的东西，说那是对火的一种蔑视，是对清洁的污染。在撒拉人眼里，火永远都是清洁纯粹的，它不仅焚烧罪恶与邪念，还把最美好的认知和愿望燃烧成诗意的梦幻，理想的境界，把最美好的一切都说成“奥特卡玛”。

“奥特卡玛”，撒拉人最清洁的词。

火心要空

撒拉人有一句谚语叫“火心要空，人心要实”。

不知道为什么，我从小就喜欢帮做饭的祖母捡柴烧火，喜欢看祖母从厨房里升起的每一缕炊烟。其实，我也有自己的目的，就是想尽情地玩一次火。那时候，小朋友们都有一只自己的“小火炉”，他们先在家里、村子的水渠边凡是有垃圾的地方，寻找一种能够制作“小火炉”的铁皮罐。制作方法非常简单：就是在铁皮罐下端用铁钉打开十多个通气孔，再用铁丝安个提手就可完工。我老是钻到祖母的厨房，就是想多掏点火种，燃起自己的“小火炉”。我喜欢看一簇簇微微燃起的火苗，那些星星点点的火种，只要留点空隙给它，只要有风，闪闪烁烁，呼呼作燃，令人振奋不已，引人无限遐思。

祖母从不让我在灶膛里多放一根柴火，她说：“祖父三更上山打柴艰难，要节约用柴。”她又说：“把火心掏空，火心空了，火势才旺。”成年后，祖母的这句话一直萦绕在我的脑海里，夜晚每每掩卷深思：火心到底能空几何？人心到底还能空几何？

在中国人的处世哲学里，空则清，清则灵，屯则积，实为满。中国书法、篆刻、国画、建筑等各个领域，都非常注重空与实的艺术变化。就像书法的空笔与实笔的艺术运用上，空与实同样具有艺术表现的魅力，大都根据创作需要，欲灵秀超脱则空大于实，欲浑然厚重则实大于空。一个字里有空实，一幅作品中有空实，一场人生和整个社会历史也有空与实。

撒拉人对“火心要空，人心要实”的命题思考，随着时间的推移，在不断的变迁演绎中走过了千百年。尽管付出了鲜血和生命的代价，却在苦难和悲壮中成就了撒拉人的生活态度和繁衍艺术。假如细细地品读，又有多少壮美的故事在空与实的变幻中书写和疼痛？成吉思汗屠城撒马尔罕，整个城市陷入碧血铁蹄之下，屠杀、强奸、掠夺如一场沙漠狂风席卷了家园的大街小巷。撒拉尔先民面临民族灭亡和迁徙东方的严峻选择，智慧的三位长者为求得部族安全，名义上以工匠身份通融议和，随蒙古大军举族东迁，实则保全部族血脉，以求日后兴旺发达。他们失去了苦难的家园，长途跋涉，历经艰难险阻，尝尽人间苦头，在中国西部的青海省循化县安下新家。他们用勤劳的双手开垦土地，征服黄河，求同存异，繁衍子孙，写下了可歌可泣的悲壮历史。他们在这段历史的转折取舍上，究竟为撒拉尔空出了怎样的空间，又为撒拉尔填满了怎样的实呢？

我在挖掘撒拉尔历史时发现，祖先们定居循化街子之后，跟随驼队东迁而来的女子因路途遥远，途中大半劳累而亡，部族的女子越来越少。怎么办？向周边的其他民族求婚！但他们面临的最大难题就是信仰，撒拉人绝不可能在信仰上苟且求同，周边的藏族、蒙古族大都信仰佛教，与撒拉人的信仰格格不入。祖先们三番五次地上门求见部落头人，用智慧和人格赢得信任，用善良和真诚铺开道路，甚至鼓励英俊少年私会美丽的藏族女子，攻取情感堡垒。最终以只接受习俗不改变信仰为契约条件，娶得第一位藏族女子，撒拉人从此真正成为中国今天的撒拉族。在这民族存亡的关键选择上，谁空出的是希望，谁实得的又是什么？

祖先们空出的不只是祖先清洁无瑕的目光，不只是情窦初开四月怀春的姑娘小伙的爱情，不只是猛兽般向天咆哮、桀骜不驯、望而生畏的风暴。在那方狭小的心空里，空出了一条穿透的通道，空出了回旋的余地，使撒拉人的心、世界的心，一点点变得清灵豁达。

火心是纯粹的，它宁愿为悦己者烧净自身的血肉与骨骼，也要在火焰的燃烧中看到涅槃的凤凰，远古神话的舞蹈。在火焰华丽转身的瞬间，火心变得天宇般浩荡，仙女般妩媚。把愤怒化作焰舌吞噬你的村庄，孤独你的午夜。它伸开迸溅火花的五指，把痛苦和死亡逼进你的喉咙和身体。

火心里有爱，爱得干净彻底。

火心里有恨，恨得粉身碎骨。

只要你给它留点空间，只要点燃，它就会熊熊燃烧。只要它能够燃起，就能迅速形成燎原之势，任由自己千姿百态地肆意蔓延，狂傲不羁并且所向披靡。这不正是撒拉人的性格吗？当撒马尔罕的天空被火焰烧红的时候，他们向着东方，一路跋涉逶迤而来，心怀东迁的使命；当面临清朝政府灭族的屠刀，他们流下屈辱的泪水，宁愿发配边地也不甘于苟且偷生，心怀民族的未来。撒拉人在自己悲惨的历史峭壁上，用胆识和魂魄留出了一片转身舞蹈的空间，燃起了民族兴旺的火焰。

是啊，火焰。在天上也是无数恒星高擎自己的火焰遨游宇宙，它们也会燃烧，需要空空的火心，它们孜孜不倦地运行，是寻找燃烧的空间还是失散的伴侣？整个夜空就是一段美丽的神话，每一颗星星都在宇宙空旷的心宇间旋转，在空空的心宇上燃烧。

哦，我找到了火心的秘密！

火，真正的心空，来自宇宙深处的一方宝座之下。

撒拉人的火心，空出的是容纳天地的旷达，汇聚江河的疆域，空出的是胸怀的宽广与眼光的辽远。撒拉人的人心，实的是宁可为正义头破血流，也不愿玷污真理的旗帜，实的是宁愿舍去性命也不愿违背承下的诺言，实的是为求生存也能隐忍求全。但只要有一声族人的召唤，就能激发烈焰冲霄的秉性。

撒拉人心里的那条火心，目光里的那束光，始终伴随着那遥远的、清脆的、响彻撒拉尔天空的驼铃声：叮当，叮当，叮当……

激荡撒拉人的心！

谚语里的生活

年少时，我生性顽皮，祖父怕我去河边游泳，总是在耳边唠叨："好水手淌在黄河，好猎手绊在山崖。"尽管我不懂其中的道理，却也知道，离家一公里之外的黄河确实淌走了很多村庄里的俊朗青年，两岸的山上也绊死了不少捕猎石羊、麝的人。

好水手，好猎手。我陷入深深的沉思。

仿佛看到东迁途中，祖先正在经历帝国骑士的追踪，神圣的经典正在面临部落盗徒的掠夺、血雨腥风的浸泡。仿佛看到突厥王奥古斯汗在千人大帐中正在奖赏自己的孙子撒鲁尔，馈赠改变整个部落命运的永世纪念。看到民族英雄苏四十三揭竿而起，连破河州数城，围攻兰州数月，两千义军重创数万清军，宁求一份尊严和精神而牺牲生命，绝不求全，一代英主乾隆皇帝曾为撒拉人的精神深感震惊。日本侵略祖国时，也是撒拉人的这一帮好水手、好猎手们跟随马彪师长挥戈东下，跃马中原，驰骋沙场，日寇闻风丧胆，多少民族英烈为国捐躯！

从战争的血泊和迁徙的苦难中走来的撒拉人，在这片被慷慨赠予的土地上苦苦挣扎，顽强求生，宁愿轻轻抹掉祖先镌刻在骨髓里的诗意梦想，也不愿抛弃信仰。他们用征服沙漠戈壁的勇气和胆魄，与汹涌澎湃的黄河较量，与险境环生的森林比试。在拼搏的瞬间，欢腾的午夜，那浪尖上、河岸边、田野树林里、小巷灯盏下曾发生过怎样的爱恨情仇？

这个与苦难，与使命和诺言有关，与缥缈的红纱巾和浪尖上的舞姿有关的民族，他们的爱恨情仇、痛苦与欢乐、深深的失望和微妙的希望与静静流淌的黄河有关；与羊肠小道，与跋涉，与成功的喜悦和呐喊有关。

我时常在想，假如把时间的指针往前再推五百多年，撒拉人又是一幅怎样的生活场景呢？他们应该过着靠水吃水、靠山吃山的恬静生活，依旧是这条河流，是这波浪……

依旧是这河流，在波涛间沉寂。黄昏的夕阳如一滴鲜血染红了西边的天空，两岸的村庄在四月的季节里盛开着杏花、梨花和桃花。村庄沿着黄河两岸依次排开，在树木和花海的映衬下显得错落有致，别有一番情致。村庄的巷口，白衬衫黑夹袄的男子和花衣裳绿盖头的女子，拖着长长的影子，相互嘱托祝安，正在依依道别。

男子即将远行，女子情断肝肠。

一群“好水手”陆续从清凉的土巷子里涌出来。月亮还是那前半夜朦胧的月亮，像刚刚哭泣的女子的眼睛，些微泛红。他们背负娇艳女子的目光和期待，腰间别一把锋利的斧头，披一身夜色，深入孟达山的森林，把最长最直最粗的松木砍下来。他们哼着古老的无词之谣，把一根根原木运到黄河岸边，迎着积石峡的晨光，用皮绳或者牛毛绳把木头扎成木排。凭一身胆气，跳上浪尖，把性命系给木筏，把一排又一排木筏运往下游，舞出了撒拉尔的勇气和豪气。

一群“好猎手”也从村口走来，沿途一遍遍低声诵读着忏悔词。他们说最见不得血，听不得婴儿般的呻吟，心里的那根弦啊总是阵阵发紧。他们一点点感悟生活的经纬、血与火的苦难，用悟出的道理织成狩猎的大网。他们用曲张有度的处世哲学和诚实耿直的秉性，削成猎杀的箭追逐黄羊、獐子，狩猎于茂密繁盛的森林深处。他们捕捉山鸡、锦鸡和野兔，安身于青石林立的河滩边地，把家人全部的欢乐和希望系在网上，注在箭上。

我曾在青藏铁路的施工现场，采访过一位撒拉族小伙，他是青藏铁路建设队伍的一名技术员。当我们说起知识、技术和困惑时，他眼含激动的泪水跟我说：祖先说得好啊！好水手不只是要个浪尖子，还要探个水深哩；好猎手不光爬个山尖子，还要量个崖宽哩。我也曾在广州翻腾着热浪的街巷深处，看到过撒拉族女子撩起绿盖头，甩开膀子拉拉面的情景，那青丝下滴淌汗水的脸，令人顿生怜悯。但她说：把拉面拉成丝线那才叫个撒拉艳姑！

我缄默无语。为创造光荣与梦想的撒拉人缄默，为大都市里的辛勤劳作，角逐场上挥洒汗水和孤独，挥写辉煌的撒拉人深深缄默。

撒拉人啊！男子的气概里依然遗存突厥的风骨，血管里奔涌黄河的韧性，骨子里融透王者的气质与智慧。女子的心灵里依然流淌泉水般的圣洁，高雅的举止里渗透柳条般的柔灵，葡萄般的眼睛里满是水灵灵的情。

岁月是一条长河，只要有一条延绵流淌波涛汹涌的河流，有一条荆棘丛生幽静延伸的山路，撒拉人的好水手、好猎手层出不穷，他们将创造更加灿烂的辉煌。在先人的爱情、鲜血和死亡铸就的一句又一句千年传承的谚语里，我沉入午夜的灯光，心怀莫名的感激，更有一种无言的尊崇和敬畏，一颗浮躁的心顷刻间归于处子的安宁和圣洁。

撒拉尔民歌

每每听到这种悠扬绵长的撒拉尔民歌，就像站在积石峡夏季的黄河岸边，蓝天碧日，波浪轻轻地拍打着心灵，田地里灌浆的庄稼俨然幸福的花朵，在大地散发出一种诱人的爱……

我从小就喜欢在宁静的长夜里，躺在自家的屋顶聆听录音机里播放的撒拉尔民歌。从峡口吹来的风空空地掠过身边，闭上眼睛仿佛就能闻到从古色古香的篱笆楼里飘出的浓浓的熬茶味，月光斜斜地照亮一棵老榆树和悬挂在木房子里的一把老弓箭，白冠男子轻托着耳腮坐在树下唱起悠悠情歌，绿盖头的女子舞动身姿，羞涩像一抹晚霞漫上脸颊，村庄中央，静静地弥漫着老祖母升起的炊烟……

也许我的血管里流淌的血液与黄河有着某种契约，某种与生俱来的渊源，只要听撒拉尔民歌，仿佛回到了远及天边的祖先家园，那种扑面而来的亲切感、幸福感、满足感就像祖先的目光一般温暖地照在我的脊背上。

聆听撒拉尔民歌，眼前总会浮现一幅画面：错落有致绿草茵茵的田园，三五成群拔草的艳姑，绿盖头下怎么都无法掩饰的贵族气质，烧茶的男子，镰刀和木犁的日子。

最让人着迷的还是撒拉男子眯着眼睑凝望的神情，在一种回首或者凝望之间的模样酷似气度不凡的汗王。尤其是那威仪凛然的神态，那富于棱角分明刚毅仁厚的脸，那种骨子里的豪放旷达而又略带忧郁的性情，真的是与先天的血缘传承和后天黄河波涛的塑造不无关系。

撒拉人的民歌是忧郁的。旋律优柔舒缓，悠远而惆怅。朋友总说那是一种蓝色浪漫的忧郁，心怀忧郁的人总有淡淡的怀想，初涉人世的天真懵懂，情窦初开的青涩甜美，还有遭受伤痛的苦味回忆，都是富有生活、富有故事的人。夜深人静的时候，撒拉尔男子就坐到村头的大树下或者田埂上，用带有磁性浑厚的歌喉倾诉心中的思念和爱意："阿里玛，开哈的花儿是白白的，长哈的叶子是青青的，结哈的果子是红红的，阿里玛，才是个哥哥的阿里玛呀……"相信此刻，村里某家的北房阁楼里，姑娘眉宇间泛起一丝淡淡的红晕，正在缎面上刺绣戏水鸳鸯的针线，在半空停留了一下。

撒拉人的民歌又是忧伤的。那是从滔滔黄河和汩汩骆驼泉水的苍凉里奔流出来的调子，那是撒拉尔这个苦难的民族在岁月的折叠中深深烙印在额首上的民族密码和朴素哲理。忧伤的民歌芬芳了泥土的浓香，略带粗犷豪迈的声音在积石峡谷连绵不绝。忧伤的民歌里有筏子客挥手远去的背影，有撒拉女子圣洁的凄凉和淡淡的忧愁。撒拉人有一首哭嫁的民歌叫《撒赫斯》。过去的年代，待嫁的姑娘都要专门抽出一定的时间跟老人学唱《撒赫斯》。出嫁那天，新娘被众人簇拥出大门扶上马时，都要哭唱这首民歌。歌中埋怨父母嫁她过早，哭求婶嫂们为她说话，间接地诅咒媒人的心肠。那歌声如怨似诉，断断续续中伴有长时间的抽泣声，颇有感染力，往往令送亲的亲人们抹泪自责。

我的诗人朋友马丁在众人聚会的场合，总是唱起一首传唱了六百多年的撒拉尔民歌《榆树》："……半夜以来啊，半夜以来，总是睡不着啊，睡不着。为什么睡不着啊？是因为你那竹子般的身段，你身上那独有的气息，是因为你那葡萄般的眼睛，樱桃般嘴唇，睡不着啊，睡不着。"马丁每当唱起这首歌，都会清清嗓子、定定神韵，闭起眼睛身临其境般缓缓唱起，歌词带来的情绪好像一下子触碰到他最敏感的那根神经，歌声里有伤感，有忧愁，有划入肌肤的爱，更有望穿天涯的渴望和思念。他唱歌的表情极为凝重，似乎承载了六百年来撒拉族男女封建专制恋爱婚姻的痛苦和无奈，那歌声如泣如诉，如痴如醉，引得全场阵阵掌声。

我总是在茶足饭饱之后，与外地的朋友讨论撒拉尔民歌，它不像藏族“拉伊”那样悠长辽阔，不像维吾尔族情歌般热情奔放，更不像科尔沁草原上的民歌般豪爽、粗犷。聆听撒拉尔民歌，就得从悠远的调子中渐渐深入其美妙境界，靠自己的悟性悟出道道。我跟朋友讲，你至少得身临其境认认真真地听三次。第一次就能听出一种辽远的忧伤和隐隐的痴情，第二次听出一种苍凉和悲伤，而第三次才能真正听到撒拉人那泉水般清澈见底的爱意，绸子般绵长柔软的情肠。它既不是旷野里声嘶力竭的拖腔，也不是吟花弄月才子佳人式的吟哦。它是原始的、荒凉的、野性的、辽阔的，但也雄奇，它带有某种诵经声般神秘色调的质朴哼唱，是内心剧烈涌动而出口成歌时又分外委婉无言的哼唱。又仿佛言犹未尽，只有千年万载的伫望，只有彻头彻尾的沉醉，只有长歌当哭的感怀，才能倾诉得干干净净。

撒拉人的民歌，始终如一只精灵在我的每一根神经里缓缓爬行，爬向我的血管，爬入我心灵里最柔韧的部分。像一张硕大的猩红色帐幔，在河流与炊烟，在乡间小巷和时间的碎光里，时时覆盖我，窒息我。那样凄凉、委婉和哀伤，迫使我掩面低首，号啕大哭。聆听民歌的人更是感思至深，腮边淌下串串泪来，孤独的心灵在翅膀的飞翔中真正找到了宽阔无边的天空，飞翔变得如此酣畅淋漓。

撒拉人的民歌，有着伤痛和沉静的美。

韩庆功

远去的涛声

韩庆功，男，撒拉族，生于1965年，青海省循化县人。现为循化县委宣传部副部长、县文联副主席兼秘书长；青海省作家协会全委会委员；县文联文学刊物《驼泉》副主编。出版散文集《故乡在哪里》《边缘上的思考》。鲁迅文学院第二十二期少数民族作家培训班学员。

远去的涛声

一

黄河是北方的烈马，连绵的波涛声即是激越的马蹄声。纵缰扬鞭的汉子，一定是浪尖上起舞的“人梢子”。黄河与撒拉人厮磨的话题，应该从当年的筏子客说起。

20世纪初或更早以前，黄河边有过一群放漂木材的撒拉人，人们把他们叫筏子客。筏子客，是勇敢者的称呼。

一群筏子客在深山密林里一待就是半年，每天抡着斧头，把一棵棵松树放倒，按着尺寸一截截砍断，在木头粗壮的一端钻一个穿绳的小孔，用麻绳一头套住窟窿，系牢。然后顺坡把一根根木头牵引到山沟，直到黄河边。

拉木头的情景很像长江边上弓着腰、逆水拉船的纤夫。纤夫们吆喝着船工号子，把一生的命运拴在了沉重的纤绳上。黄河上游的深山峡谷里也有过这样一群艰难的纤夫，那就是撒拉的筏子客。拉木绳重重地压在他们肩上，一排人勾着头，生拉硬拽，一步步朝着黄河爬行。他们忘记了一切，只知道一遍遍重复着拉木号子：

用力拉呀！
弟兄们拉呀！
年轻人拉呀！
加油拉呀！
嗨哟嗬呀嗨呀拉，
年轻人就这样拉呀！
……

等所有的木料伐齐了，就到了金秋时节，漫山披红，秋风瑟瑟，该是放排的时候了。于是，筏子客们把采伐来的木料整整齐齐地捆绑在一起，投放到黄河里，把一年的辛劳、一年的希望托付给一河的水流。他们祈愿顺流而下的木排不要撞散，不要搁浅，不要落入他人之手……摇摇晃晃的木排像一只断了线的风筝，不知飘落何处。忐忑、焦灼与惶恐占据了他们的心头，来不及细想自家的热炕头，顾不上盘算拿到工钱后给老婆孩子买点什么，心里悬着的只有那顺流而下的木排。终于到了收取木排的码头，望着躺在河面上结结实实的尤物，他们知道梦想成真了……

那时候，黄河就是男人的河，是筏子客的河。

如今，当过筏子客的老一辈撒拉人相继过世，他们伐木、拉木、漂木的故事早已风干，只留下依稀残缺的记忆。提起筏子客，后人们多半会把自己喻为黄河浪尖上的起舞者，象征性大于实际意义，很少有人把木匠滩、木场等地名与当年的筏子客在黄河上泊靠木材的往事联系在一起。

二

说到黄河，我就想起长城。长城有点威严，有点固执地长卧在蜿蜒的荒山秃岭上，执拗地守望着脚下的万里疆土。雄气回荡的长城，虽然不能给土地以濡养，但它的坚实的存在，给了人们坚强的意志和硬邦邦的底气，因此它始终是中华民族傲然雄踞的地标。黄河摇摆着柔软的身态，千回百转，有点调皮、有点放浪地抚摸着身边的高山大川，又以节节细流融进干涸的土层，流入万千灶台。我的印象里，长城其实就是黄河凝固的雕塑，黄河是长城扭动的身躯，一静一动，以山的坚硬铸就了华夏民族的刚健性格，以水的柔性塑造了中华文明的中庸风范。

五千年以前，逐黄河而居的祖先们用黄浊的水拌着黄色的土，和着第一粒稻谷的醇香、甲骨文的构思、《诗经》的风雅，唱着“黄河之水天上来，奔流到海不复回”的豪迈诗句，把一群群茹毛饮血的原始先民教化成刀耕火种的炎黄部落，把融合了华夏子孙智慧的黄泥巴烧制成中华文明的精致器物。

世上有很多河流，有的不乏气派，有过浩浩荡荡的流程，但因为缺少远征的抱负，最终迷失在茫茫沙海间。有的抵挡不住青山沃野的诱惑，不愿去背负沉重的使命，只想拥挤在水流繁密的热闹之处，让人们把玩。黄河是一条见过世面的河流，大气而洒脱，执着而勇敢，甘愿为荒凉和贫瘠付出一切。

青藏大地原本是海洋的儿子，只因为一次山崩地裂和海啸的经历，使它们母子失散。后来，年轻的高原把寻找母亲的梦想托付给了一条黄色的河流。就这样，巴颜喀拉冰川的第一滴水承载着高原的梦想，出发了。它一路穿山冲谷，浊浪前行，在万里行程的终点，将高原儿子的问候带给了大海。

说黄河为母亲河再贴切不过，她放弃了无数个名山大川，偏偏把巴颜喀拉的琼浆玉液当作生命的原体，郑重地把扎陵湖和鄂陵湖作为万里征程的出发地，然后劈山开谷，浩浩荡荡，率领投奔而来的万千细流，让那些小孩子在自己的怀抱里获得奔向大海的体能，自己也在孩子们的簇拥中慢慢变大，拥有了泽被华夏的体量和气魄。而今，人类使出一些工程手段，把急促而下的黄河小心拦截一下，挽留片刻，让它把峡谷中特有的野性稍稍收敛后转化成温暖世界的电流。

既然华夏子孙把黄河视为托付终身的母亲，那么照顾好自己的儿女则是母亲撇不开的天性。万里疆土一经母亲河滋润，中华文明就扎下了纵横五千年的深厚根基；炎黄子孙一经母亲河哺育，华夏家园就有了代代相连、生生不息的根脉。每当我路过兰州时，总要在黄河母亲像前久久伫立，母亲脸上那份历经沧桑的疲惫，疲惫中露出的慈祥与安宁的神态，向儿女们敞开胸襟和情怀，让我感到她的深邃与伟大。

三

到过循化的人们都对清水湾留下深刻印象，游人们习惯于把印象中的循化跟这一湾山水联系在一起，仿佛清水湾成了循化人最拿得出手的名片。这里并非黄河第一湾，也没有其他河段那样弯弯曲曲。但是，清水湾自有它不可复制的魅力，那就是它带给人的悠远与迷离之感。

靠近河湾的路边有一个农家小院，巨大的树冠把不大的庭院掩隐其间。与普通的撒拉人家不同的是，门口置放着两颗硕大的石头，明眼人一看便知，这户人家一定跟石头有关。不错，这家的主人正是远近闻名的石头客。不高的身形，清瘦的脸庞，炯炯有神的目光，一头短发，给人以干练爽利的印象。稍稍让我意外的是，他精干的外表下藏着一副细腻、柔软的禀性，谈吐与见识远超村野农夫的品级。乡间很少遇到这样的另类角色，这引起了我的兴趣，很想了解他。

他叫韩玉忠，与黄河石厮磨了二十几年，把所有的兴趣和精力都投注到了石艺上。早在二十几岁时就着魔于黄河石，不听家人劝阻，硬是用打工挣来的几万元收购散落在民间的石头。听他说，循化段黄河石外观细腻柔润，色调沉稳古雅，图纹清丽流畅，形貌生动活泼，大如巨鼓，微若鸟蛋。上品黄河石画面浑然天成，或以色彩悦目，或以意境赏心。读懂黄河石，就是对智慧和见识的一大考验。再丰富的想象力，也难不住那些奇形怪状的石头，在形态各异的石头中都能找到对应的象形物。

我对黄河石的鉴赏能力实在说不出口，现在之所以有点感觉，得益于韩玉忠的点化。他几次邀请我到家里参观他的宝贝，都未能去成，多半是我提不起对石头的兴趣。2010 年的一天，他突然开车来接我，说又得了几件好东西，无论如何要我去见识一下。一进他家门，我暗暗吃惊，这哪里像居家过日子的样子？院内外几乎所有空间都垒满了大大小小的石头，连一般撒拉人比较讲究的客房内也都层层累累摆满了石头。韩玉忠说有些名贵石头不忍心搁在人面前，都藏在地窖里了。他如数家珍似的把他的心爱之物一一介绍给我，什么“李白醉酒”“明镜高悬”“小桥流水”，等等。他最得意的镇宅之宝是“金碗”，有人出价八十万元，他都舍不得卖。

在清水湾的小院里，我和韩玉忠谈起黄河，说起黄河石。

那时候，一到枯水季节，黄河骤然缩身，宽阔的河床上无数个形态各异的石头便袒露出来，那可算得上是一个天然的石头博物馆，有磨圆了的、刷润了的、嵌着粗细纹络的、形似各类动物的、状如山川河流的，令人眼花缭乱，遐想无限。

黄河石看似平常，却有着不一般的来历。那些千姿百态的石形，原本是一些粗粝的山石，顽劣中带有几分野性。不知从什么时候起，山石们也有了远行的冲动，于是借了黄河的力量，穿山越谷，来到循化川，再经过河水亿万年的摩挲，才打磨成如今这般可人的形态。每一枚石头都有一段脱胎换骨的经历，每一块石头都是大自然的艺术珍品。真是难以想象，如此柔软的河水竟然把粗劣的顽石选择为创作对象；那样坚硬的石头，居然在河水的抚弄下变得万般温顺，一改顽皮不驯的性子。相比于大自然的造化，人类的创作实在是过于急功近利了。

十几年前，人们对黄河石并无太多联想，有人偶尔遇到可心的象形石，便捡回家中，放在案几上，当成摆设。黄河石进入商业运作阶段，则有赖于韩玉忠等一批石头客的全力投入。他凭着全省石艺协会成员的身份，跟南来北往的玩石专家建立了畅通的信息渠道，把多少年来躺在河边的名不见经传的石头换成了真金白银。

韩玉忠与石头有着无法割舍的情缘，只要碰见上心的石头，手心就发痒，哪怕手头再紧，也要设法弄到手，几年下来，搭进去好几百万。我问他可否出手一部分？他说河床就要被淹没了，以后再添几枚黄河石就难了。说到这里，他似乎有点伤感，脸上露出复杂的表情，动情地说：无论如何，也要把手上的石头保存好。我明白了，石头和钱对于他构成了双重情结、两难选择，但我确信他更垂青于乌黝黝的黄河石，因为黄河石成了他生命的一部分。对眼前看似平常的撒拉汉子，我不得不肃然起敬了。

其实，他在珍藏着一个梦，为自己，也为黄河岸边的撒拉人。

四

跟黄河石一起淹在水下的，还有循化人更大的一个梦想。循化人天生就是爱闯的命、敢拼的料，东奔西走、起起落落后，就站立在一个陌生的舞台上。外地一位朋友说，撒拉人太像一把电钻，钻来钻去，硬是在毫无缝隙的地方钻出一个孔来。这样的比喻有几分贴切，祖辈们留下的庄稼地实在太少了，那里已经装不下撒拉娃膨胀的心。他们只想跨过黄河，去更远的地方寻梦。积石山再高也挡不住他们的视线，因为他们站在更高的地方，看到了外面世界的精彩。

十年磨一剑，方显英雄本色。出门时，他们除了一身力气，连干粮也没有带足，也没有谁为他们举行过出征仪式，就像多少年前父辈们出门那样，悄悄地从热炕上爬起，告别那双难舍的大眼睛，勒紧腰带，匆匆上路……后来他们又悄悄摸回来，把心里的牵挂都带走了……再后来，小拉面拉出了大经济，五子登科的他们春风满面，重归故里，给期待中的故乡带来了几多喜气，几多热闹。盖好房子，娶了媳妇，把车开进了家，还想着有一个更大的聚会，不为别的，只为了放飞心情。富有想象力的循化人发现了黄河冷厉的美：水流急促，水温超低。既然黄河的气质蕴含着另一种美，就让它呈现出来。于是，从 2005 年开始，循化人以特有的自信，年年举办“中国·青海（循化）国际抢渡黄河极限挑战赛”，在黄河边摆起了大场面。看那场面，迎来的四海宾朋、明星大腕不过是过眼烟云，而人山人海中换了模样的循化人才是真正的主角。这时候，瓜果的香味、欢快的歌声、五彩的人流把循化的黄河装扮成了天下至美。

美好的场景总是转瞬即逝。还没有从八月挥洒的激情中回过神来，就听有人说积石峡电站的库水将要淹没比赛地段，“挑战赛”也将偃旗息鼓。黄河刚刚展示了喧腾的面容，却又要转过脸去，留下无尽的缺憾。也许，黄河只是以这样的方式提醒我们，家门口的那点险情算不得什么，外头的风浪越发凶险。

五

循化的黄河虽不像壶口瀑布那样汹涌澎湃，不曾有淌过中原时的狞厉不羁，也没有入海时的烟波浩渺，却有着气壮山河的英雄本色。

大禹抡斧劈石的传说实在是久远了，说起来有点将信将疑。那么，就说近一点儿的吧。受到红色文化的感召，前不久我专程探访尘封了半个多世纪的红光村，就在黄河边上。古什群峡口的红光村，封存了一段闪光的红色记忆。20世纪三四十年代，从南国的烽火中闯过来的西路红军，不幸在祁连山蒙难，400多名被俘战士被押送到黄河岸边的赞卜乎村，敦厚善良的撒拉族村民接纳了这些流落他乡的汉人。在烈火中淬炼成钢的红军战士，怎能忘记硝烟里拼杀的呐喊、血泊中捐躯的壮歌啊！于是，他们把镰刀斧头燃烧在火红的信念里，把红五星标记在清真寺的屋顶上，日日瞻仰，夜夜怀想。

在历史的风霜雪雨中，尽管五角星褪尽了红色，但他们心中理想的火苗却一如古什群峡的涛声，永不停息。就这样，撒拉族跟逆境中的中国革命结下了奇缘。黄河虽然带走了过往的沧桑岁月，红光村却默默地守望着这一切。

1949 年 8 月 29 日，王震将军率部取道循化，剑指西宁。先期溃逃的马家残军焚桥毁船，黄河天堑挡住了大军西进的脚步。情急之下，他们把一座荡在河面上的磨坊当成渡船，160 余名解放军战士来不及驻足停留，就匆匆拥上了这座“磨坊船”。金戈铁马的将士纵然驰骋沙场，却驯服不了黄河的急浪，磨坊船在汹涌波涛的裹挟中飘摇而下。

这惊心动魄的一幕里暗藏着怎样的玄机？对此，我曾有过诗意的想象：让这些身经百战的战士丧命于湍急的河水，并不是黄河的本意，它略使性子的目的，是让撒拉族与中国革命以一种刻骨铭心的方式紧紧牵手。

果然，落难战士被清水乡阿什江村村民援手相救。王震将军深为感动，当即写下“奋勇救船，全村光荣”的赞誉之词。

珍藏在清水乡阿什江村民家的陈年旧照清晰地记录了那

段峥嵘岁月的一息瞬间。黄河浊浪滚滚,冲走了多少英雄往事,留下的依旧是阵阵涛声。从此,积石山的铁色意志里融进了刚强与豪迈,黄河的银色浪花上闪耀着诗情与婉约,撒拉人炽热的胸膛里奔涌着激情与欢快,清水湾的霞光映红了雄关漫道,亘古不变的故事里写进了英雄的赞歌。

六

黄河从青藏高原一路而下,到了宁夏才算放缓了脚步,冲积出一个茫茫苍苍的“塞上江南”,天下黄河富了宁夏川。相比之下,循化却没有那样的福气。黄河在循化的行程过于匆忙,匆忙得让人无法猜透它深沉的心思。它连擦身而过的那么多村庄和田野都没有瞥上一眼,就快步而过,只让这片土地背上一个干循化的名声。到了清水湾,黄河猛然转身,顾盼与流连中向身后的循化投去深情的一眸。这意味深长的一眸,仿佛看穿了一个民族所有的心事。

即便如此,循化人在内心里对黄河没有太多抱怨,如果没有这条河,他们多半会寂寞。就像草原牧民对于马的情怀,纵然是一匹顽劣不驯的野马,只要它在草原上疾驰而过,爱马的人们也会投以赞许的目光。过了多年之后,人们惊奇地发现，黄河在循化境内的90公里河段是修建水电站的天然宝地，是真正的黄金河道，洼地里的循化骤然成为国人仰望的能源高地。于是座座电站梯次而建，高峡出平湖，碧水潋滟，鱼翔浅底，轻舟荡漾。这时人们才恍然醒悟，黄河在清水湾的回头一瞥中暗示了一个隐秘的信号，那就是它把波澜壮阔的旋律中的一个重大伏笔埋在了循化。因此我深信，尽管循化不是黄河华彩乐章的高潮，但一定是它精彩绝伦的一笔。滔滔河水终究没有亏待了循化。

四座电站造就了渺渺茫茫的一片水乡泽地，循化以八万亩水域争来“高原小江南”的美誉。身在“高原小江南”的循化人从此不眼馋宁夏的“塞上江南”，走在大街上的时尚女子活脱像江南小镇的靓女。

青海高原是三江之源，有着足够的理由把自己浸润在湿漉漉的水汽里，但站在高处的它，偏偏有一腔豁达的胸襟，向中华大地敞开它的胸怀，把乳汁般辛辛苦苦分泌出来的清流献给脚下的万里疆土，自己却守着一个孤寂的青海湖，旱巴巴地站在那儿。还好，如今有了东南边山脚下的这个小江南，酷旱的高原终于可以吸一口清凉的空气；有了这一方万顷碧波做伴，青海湖从此不会孤伤垂泪。

在发展路径抉择上，循化人无疑是理性的，在机器轰鸣、狼烟滚滚的当下，不居人后的他们仔细打量了眼前明丽如画的风光后，犹疑了，没有像往常一样冲在前面。他们在冲动中的举眉凝思、忙乱中的止步端详，竟然让这里保持了难得的清静，循化由此成了青海人赏心悦目的后花园、歇脚纳凉的好去处。

积石峡，一个浓缩了时空的神秘峡谷。禹王抡斧斫山，劈出一条雄浑的狭谷，道道斧痕留下了岁月的沧桑，古道险关收尽了历史的深沉。

积石峡峡谷幽深，两岸险峰对峙，雄关漫漫。黄河一进入峡谷便即刻缩身，深不可测的神秘中发出轰然的涛声。狐跳峡，把望而生畏的黄色巨龙肆意地挑衅了一下，留下一个窄窄的通道，让它委身而过。

流出狐跳峡，黄河一改沉闷的流态，似一条游龙，转身而过，身边留下一方开阔的台地，然后又一头窜进狭长的深谷。

黄河拐弯处便是孟达大庄村。孟达地区两头闭塞，鲜与外界沟通，至今还保留着地道的乡音和淳朴的民风，成为撒拉人聚居的一处世外桃源。村南是被誉为“青藏高原的西双版纳”的孟达林区。这片奇异的山林竟然不露声色地怀抱着“中国最美天池”，痴痴地珍藏了千万年。脚下的黄河也是一篇待写的大文章。就在孟达天池被揭开神秘面纱的同时，机器的轰鸣声打破了峡谷的沉寂。但孟达人未曾想过，建一座大坝跟自己的命运有着怎样的关联。冬去春来，桃花开了又凋谢，核桃摘了一年又一年，黄河的涛声依旧，山寨的炊烟依旧，清真寺的唤礼声依旧。

七

直到 2010 年黄河水悄悄爬上村后的田埂、没过悬崖上的树枝时，孟达人才强烈地意识到，自己的命运跟峡谷中一天天见长的水泥高墙是脱不掉干系了。

这是一片被人遗忘的旮旯地，除了倚靠山林的给养外，在人均几分的薄地上求存的艰难可想而知。左边黄河右边崖是这里的真实写照。即便如此，在人的潜意识里，再穷僻的故土依然是魂归心至的所在，犹如随风而起的风筝，只要线头攥在手里，即使飞得再高再远，也不会飞落他乡。人一旦习惯了一种环境，就会把生命投注其间。四周翠绿的山峦、夜里沙沙作响的涛声、长卧在山坡上的祖先、一蓬蓬披荫一方的核桃树，还有那眼清冽冽的丫丫泉，不久连同大禹留下的足印，永远地埋没在一片汪洋下面。面对即将消失的故乡，孟达人心中的惆怅如同不断涨起的河水在暗暗滋长。

循化这地方人多地少，四周都是荒山秃岭，草也长得很费劲，在如此薄瘠的地盘上讨个好光景，实在是对生存能力的莫大考验。过日子就像两边对峙的恶山那样严峻，是用力气和汗水硬碰硬地度过。别的地方再怎么不济，土地也能养人，而循化偏偏是倒过来的，男人们出去拼命挣钱，回来却要百般侍弄脚下的土地。循化人倒也乐意生活在这样的环境里，外面怀揣万贯也不比在县里的大街上溜两步舒坦，外头享用山珍海味也没有在家乡吃一碗面片滋润。辛苦得来的钱花在自家门口实在是荣光。细心的人们发觉街上的车辆愈来愈多了，饭馆的生意冬夏火爆。可是，当人们依旧在饭馆里逍遥地品着盖碗茶、品咂着某某人在电站库区得了几百万几千万、某某人买了奔驰宝马的当口，一心向东的黄河却在积石峡口犹豫了一下，翻了个身，又拖着臃肿的身躯爬了回来。这时人们才感觉到黄河真的要变模样了。变了模样的黄河究竟意味着什么，人们是懒得去想的。

八

我被抽调到积石峡库区征地移民政策宣讲组时，1843米的一期蓄水已接近尾声。每天来回在峡谷中穿行，置身于静得出奇的峡谷，有一种淡淡的忧伤和落寞袭上心头。我的怀旧对自己是一份沉重的负担，是短期内无法释怀熟悉的东西。对于积石峡，也有着同样的情怀。曾经的急流险滩、仰卧在河边的禹王石、散落河床的无数个黄河石、回响在峡谷中的咆哮声，都被永远地埋在了水下。

也许河道的改变会使我们受益许多，但是流动的黄河依旧是我生命里无法抹去的记忆。望着流去的河水，我能感觉四季的轮换、生命的流逝，望着远行的河水，我的心境会获得一种通向大海的辽阔。如今，这一切将要淹没在记忆的汪洋中。随着水位提高至1856米，曾经熟悉的村庄、田野以及许许多多场景将从眼前消失。

一条河流的涨起，淹没了这么多遗迹和心绪，那么，一段历史将会湮没多少往事呢？

人是矛盾的复合体，多数人被卷裹在梦想与现实、追求与不舍、渴望与怀旧的旋涡中。我负责宣讲的大庄村有400来户人家，其中一半家户处在淹没线以下，需要搬迁。

走一半留一半，带走的是对新生活的憧憬，留下的却是悠悠的牵挂。都说移民工作是天下第一难事，这话一点儿也不假。起初我不太理解村民们为何不愿舍弃这样一块承载不了多大希望的土地，去面对一次重生的机会。随着一点点贴近他们的内心世界，我才渐渐明白，对他们来说，舍弃家园在精神上无疑是一种痛苦的折磨。移居他乡，不仅是物理上的人走房挪，更是一次精神诀别。舒尔布老汉对我说，他有三个儿子，搬迁是迟早的事。他已是土埋半截身的人了，只等着凑够呼吸数，他哪儿也不想去，“无常”了就睡在这里。对故土的留恋，越到临近搬迁时，越是痛心疾首。表面上他们提出各种近似无理的要求，其背后却隐藏着深深的纠结。

现代社会的重新交融与组合，使人员的大流动成了无法抗拒的趋势，固守地理意义上的传统家园不再是现代人的首要选择。然而，相对于单个人或单个家庭的自觉迁出，带有强迫性的库区移民则充满了几分悲壮与无奈。

平静的黄河没有了浪花跳跃的激情，失去了急速奔流的神韵，减少了沙沙作响的单纯。人一旦失去什么的时候，才会深切地怀想曾经的拥有。黄河啊，此刻我才明白，我曾经嫌弃过你的黄浊，但那是你的本性；曾经不屑于你的放浪，但那是你原始生命中固有的野性。

眼前的黄河进入了思考的状态。思考中的生命即便看上去寂寞无边，但也是美丽的。它沉静的外表下蓄积着的却是改天换地的气量。

到了积石峡口，拦河大坝把河水从谷地抬高至山腰，给黄河这匹腾跃不羁的烈马套住了缰绳，水电工紧收笼辔，它便腾空而起，长嘶一声，发出千钧之力，将浑身的力道转化成巨大电能，送往天南地北，点起万家灯火，带动无数个机器。

木厂村就在大坝的臂膀里，位于天池脚下，是黄河边上临近甘肃的一个小村庄，成了即将消失的最后的村庄。

一期蓄水前已经做了整体搬迁的准备，政府在县城北面划了安置地，不到两年工夫，那里齐刷刷地建起了惹人惊羡的移民新村。可是故土难离呀，眼看着河水快要吞没庄子，不少人还是舍不得拆掉最后一间房舍，不时从新居回来住一阵。前些日子去天池的路上，一位牵骡子的女人告诉我，他们不久就要搬到新区去，将要告别这里的一切，可是到哪里都喝不上天池的清水啊。说话中带着几分伤感，我实在找不出一句安慰她的话。山谷一片阒寂。耳边隐约传来几声“花儿”，牵骡子的女人也轻声附和起来，没有唱词，只是断断续续的哼吟。这样的场景里，我能理解孟达地区的女人们心中也许还有更深的不舍……沉默的积石峡，远去了涛声的黄河，依旧能托起撒拉尔的梦想吗？

马明全

撒拉之乡的红色密码

蕙兰起台堡

马明全，男，撒拉族，民盟盟员，青海省循化县人。青海省作家协会会员，鲁迅文学院第二十六期少数民族作家培训班学员，循化县作家协会副主席。

撒拉之乡的红色密码

打开半扇书窗，望着窗外淅淅沥沥的春雨，掩卷凝望公伯峡渡口，已建成的公伯峡水电站正在雨季泄洪，清澈见底的黄河水从泄洪道齐刷刷贴近地面，弓着身子向下涌来，像铆足了劲的敢死队将士把浑身的力量攒在脚下。看似不多的水在出口却像原子弹爆炸时的景象，一下子从泄洪道底部高高扬起，白白的水浪轻盈地向上升腾，万点水珠伴着细细的水汽裹挟着风浪吹向岸边的柳枝，像千军万马奔腾而过，呼啸声中溅起片片水花。

历史就像公伯峡库区的泱泱大水深不见底，看似奔涌的泄洪景象只是历史长河中的窥豹一斑的一滴水珠。望着与中国工农红军西路军被俘战士有着千丝万缕关系的公伯峡渡口和黄河磅礴的气势，我不禁想起了公伯峡的前世今生。

公伯峡，原名叫古什群峡，位于循化撒拉族自治县人民政府所在地积石镇西 15 公里处古什群峡，此为古渡。因黄河上游南岸悬崖绝壁处建有一座伊斯兰教先贤的“拱北”而得名，后又演变成“公伯峡”。当年的古什群峡两山对峙，崇山峻岭，高耸入云，陡壁如削，荫天蔽日，地势十分险要。黄河入峡后，因河道狭窄，河中礁石暗伏，滚滚河水飞湍造漩，咆哮而下，登顶观景，蔚为壮观，十分险绝。循化古八景中有“什群急湍”之称。

古什群峡出口处河岸仅宽三十多米，自古以来为天然架桥之处。据《水经注》记载:“吐谷浑于河上作桥，谓之‘河厉’桥，长一百五十步。两岸累石作基阶，节节相次，大木纵横，更镇压，两边俱平，相去三丈，并大材，以板横次之，施钩栏，甚严饰。桥在清水川东，此河上握桥之始也。”此桥址“清水川东”，即古什群峡口。

无法想象东晋义熙十年（414 年），当时为活动于青海地区的吐谷浑鼎盛时期，为保障自己的领地并开疆扩土而修建黄河木桥。这是中国历史上黄河上游建造的第一座实体木桥，这是吐谷浑历史的一个创举，也是一个民族为后人留下的可贵的文化痕迹，它距今已有一千六百多年的历史。

据传，唐时薛仁贵征西正是由大河家的临津渡向北渡河折而向西，经过积石峡逶迤曲折的羊肠小道，一路前行来到公伯峡古渡——河津渡（宋时称谓），踏上吐谷浑人建造的木制握桥，十万大军浩浩荡荡向乌海进发。薛仁贵这位有着赫赫功勋的战神，在青海高原上演了一场犹如魔戒般的史诗之战，一场英雄对英雄、战神对战神的荡气回肠之战，一场在冰川雪域上进行的殊死之战……大非川之战是唐朝开国以来对外作战中最大的一次失败，吐蕃凭此战一跃成为与大唐分庭抗礼的西部豪强，吐谷浑亦成为吐蕃别部。

不难想象，昔日战无不胜的薛仁贵如何带领他的残部依然从吐谷浑修建的公伯峡——河津渡握桥上撤回长安。然而河津渡的握桥承受着滔滔黄河水的摇曳与安抚。战也罢和也罢，官也罢民也罢，商也罢农也罢，渡口的使命就是让过往行人顺利通过，只是它所经历的却是千万人所不能经历的。

诚然，岁月的磨砺和大自然的无常，加上战火纷乱的摧残，河厉桥的命运起起落落。又据《宋史·王厚传》记载，时隔五六百年后的宋徽宗崇宁四年（1105 年），人们又在古什群峡口造起了一座黄河桥，称为“大通桥”。

至民国二十三年（1934 年），青海省政府决定，在修建贵德黄河浮桥的同时，在循化上述桥址处，建造了一座长 48 米的原始木质结构握桥，后又被千年不遇的洪水冲毁。

我们所知道的撒拉族是一个神奇而又独特的民族，生活在循化这片比较封闭的环境里很少受到外来文化的影响。所以从中亚迁入中国的 800 多年时间里，始终保持着自己独有的民族文化和宗教文化，是青海海东一道独特的人文风景线。然而，她却与象征中国革命的红色文化在一个叫“红光村”的小村庄不期而遇……

1939 年初春的某一个傍晚，有一些衣衫褴褛的人在荷枪实弹的士兵押送下到达了古什群峡古渡口，昔日没落的古渡口因此又无端地热闹了一阵，那些不知来历的人群既像部队的又像犯人，被马家军关押在渡口古堡的营盘内。

当时的古什群古城是早在汉代就已修建的军事桥头堡。古城有南北二城，南城坐落在循化撒拉族自治县查汗都斯乡赞卜户村西。门开于南，东西长 120 米、南北宽 20—30 米。北部临河岸无墙，城内有一沙沟将城墙隔为两部分，黄河岸处石质桥基上建有握桥。北城坐落在化隆回族自治县甘都镇峡口村西，古城分内外两城，内城偏西，北城墙与外城西城墙重合，南临黄河岸边，无城墙，岸边石质桥基上的握桥联通南北二城。外城东西长 180 米、南北宽 60 米。东西各开一门，夯土筑。据邓隆《甘肃黄河桥梁考》认为此二城可能始建于汉时，即汉代时期的逢留河桥，或宋时的河津渡口。

而此时古什群古城是马步芳军阀的军事要塞，公伯峡渡口是甘肃临夏、甘南、青海黄南等地通往首府西宁的必经之路，它是马家军的天然军事屏障。

到此的这一群队伍就是在中华民族生死存亡的关键时刻，行走两万五千里长征，北上抗日的中国工农红军第四方面军的一支——西路军。1936 年 10 月，中国工农红军一方面军、二方面军、四方面军在甘肃会宁会师后，红四方面军总部及所属之九军、三十军和五军共 21800 余人，奉命西渡黄河，于 11 月 11 日组成西路军，在徐向前、陈昌浩等的率领下进军河西走廊。蒋介石看到红军雄峙西北的战略态势，急命统治甘肃、青海的马鸿宾、马步芳纠集 10 万余军队，对西路军进行防堵、围剿。红军指战员在极端困难的条件下，不怕牺牲，浴血奋战，历时 5 个多月，歼敌两万余人。由于孤军作战、敌我力量悬殊，红军西路军最终还是失败了。

马步芳把从甘肃河西走廊俘虏的 400 多名红军西路军

战士，组成“工兵营”，押解到循化县公伯峡沿黄河南岸的荒滩（现在的红光村），从1939年初开始到1946年为止，从事伐木、垦荒、修路、建房等苦役。红西路军战士始终发扬了紧紧依靠群众的优良传统，即使在身陷囹圄的困境中，他们发动了当地撒拉族群众，在他们的帮助和保护下秘密制作、雕刻、烧制那些保留至今的珍贵红色印记，其间虽遭敌人的严密监视，但他们坚信“红军一定会胜利，革命一定会成功”的坚定信念，采取各种方式与敌人进行了机智顽强的斗争，在修建过程中巧妙地将红五星、镰刀、斧头、工字、领章等象征革命的图案雕刻在花砖之中，镶嵌在墙壁之上。

西路军被俘战士到达红光村之前，这里是一片荒芜之地，除了在黄河古什群渡口有青海马步芳的驻军之外，方圆几公里内没有人烟。因为它是循化到西宁的必经之地，经常有土匪、强盗打家劫舍，更有野兽时常出没，自然环境非常恶劣。至1946年，西路军战士在红光村已建成部分房屋和土地，马步芳在此设“庄头”，然后从循化各村抽调贫困的撒拉族家庭充当马步芳的佃农，替马步芳种地、贩运木材，至此，红光村才有人定居，真正形成了一个村庄。所以说，西路军战士创建了一个村庄。没有西路军战士，红光村的历史将会改写。西路军在建设红光村的过程中与当地的撒拉族群众建立了深厚的感情，他们相互同情，相互帮助。撒拉族群众暗中帮助和保护西路军战士，西路军战士也帮助撒拉族群众改进生产技艺，制作劳动工具，建设基础设施。有许许多多感人的故事，也为后人留下了宝贵的精神财富。

因古渡地势险峻，藏语称此地为“赞普”，本意可能为“桥”之意，也延伸为“赞卜”，汉语意即“险要、险峻”，后来人们把这个红军西路军战士创建的村庄叫“赞卜户”村。公伯峡渡口经过千年的演变，它的名字由汉朝的“逢留河桥”到吐谷浑时的“河厉桥”至宋时的“大通桥”，到民国时的古什群渡口。由于军事的需要，1934 年修建的 48 米长的巨型木桥被洪水冲毁后，1942 年修建古什群渡口木握桥的任务落在西路军被俘战士和撒拉族群众的身上。尽管史料上没有只言片语的记载，但事实无法抹去。历时一年多的时间，一座新的握桥在古什群渡口落成。黄河南北两岸的岩石桥基上十根二人合抱的松木分别排放两岸，然后每层层层叠加，层层突出，七八层之后两边的巨木相接，恰似巨人握手，桥面上以榆柳梨杏核等坚硬耐用之杂木铺平。桥的两侧没有像吐谷浑时代或后来的“施钩栏，甚严饰”，而是采用了军事碉楼的砖质护栏，烧制的青砖尺寸巨大，两岸的桥头堡门楼上设计有垛口，门楣上也有简单的镂空雕饰，图案造型无从考证，但烧制砖瓦、修建握桥的工匠同为修建学校和清真寺的西路军战士。可惜，此桥在 1949 年被溃逃的马家军烧毁，大火整整烧了三天没有熄灭，熊熊火焰在十里之外都能看得见。后来人们淡忘了这段历史，要不这座桥或后来重修的桥应该叫作“红军桥”吧？

20 世纪 80 年代，赞卜户村的村民在打算对清真寺维修的过程中发现了屋脊上的那些象征革命的红色标记，有关部门为了缅怀西路军战士的不朽业绩将赞卜户村、赞卜户清真寺、赞卜户学校一律更名为“红光”开头的称谓，意即红军精神光照千秋。赞卜户村也变成了红光村，古什群渡口随着公伯峡电站的修建，也被称为公伯峡渡口。古人的智慧是超前的，他们看好的每一块地都是风水宝地，1600 年之后的人们在享受着他们的庇荫，电站大坝恰好是当年的古渡位置。

硝烟散去，刀光远遁。清真寺唤礼楼的悠扬的阿拉伯语召唤声好像来自远古，它能穿透时空阻隔到达人们的心灵深处。清真寺大殿屋脊的五角星至今还熠熠生辉，“镰刀”“铁锤”“工”字在诉说着鲜为人知的一段历史。有些事情注定不能忘，有些事情注定忘不了。鹤发童颜的撒拉族老人在朝曦和夕阳中领着小孙子走向清真寺，每一次都指着屋脊上的“红光”对孙子说：“我们的地是红军开的，我们的房子是红军修的，我们的学校是红军建的，包括我们做礼拜的清真寺也是红军修的啊！”

这也许是一种感恩，也许是一种传承吧。

勤劳能干的撒拉族人在这片红色的土地上规划着他们的幸福美景：红色文化园、渔业休闲园、民族风情园、旅游观光园，形成红色游、民俗游、宗教游、水上游、休闲游等观光旅游特色项目。

憧憬美好的未来毕竟是幸福的。公伯峡水库那波光粼粼的黄河水，泛出金灿灿光芒，黄金般的金鳟鱼欢快愉悦地翻腾着白浪，散发出生命的原始状态。那兴许是从古至今蕴藏在公伯峡古渡口的刀剑斧钺的灵光，历经千年的修炼凝成黄河水的精气；兴许是古往今来每一拨人对自己信念的无限忠诚的真光，世代轮回的传承汇聚成中华民族的灵魂。

蕙兰起台堡

我大多时候，莫名地认为民国的女子是最美的。心里一直想，她们也许都是那种蕙心兰质的美女子吧！

对起台堡的认识是始于一个叫邓春兰的民国奇女子。在古代，梅兰竹菊并称为“花中四君子”。在中国能和春兰相提并论的是蕙兰，要不然，对于起台堡这样一个在国家历史上并不知名的，由军事需要构筑屯堡而后又演变成纯民居的村落，如今几乎成为一个弃村的历史遗迹，我不敢斗胆使用“蕙兰”二字。

1898 年 7 月 3 日，邓春兰出生在今青海省海东市循化撒拉族自治县(清时为循化厅)道帏乡起台堡村一个从事教育事业的学者家里。

邓春兰从出生到十三岁是在起台堡生活学习的。那个年代世居循化的撒拉族和藏族没有多少汉文化知识，尤其是女子几乎不能上学读书。那时候好些民族，特别是汉族女子从小就裹有一双“三寸金莲”,年老的她们多拄着拐杖，迈着碎步走路，即使不拄拐杖，停下来说话的时候，一双小脚也会不停地挪动，以保持平衡。年少的邓春兰没有缠足，在当时她肯定是个另类。我在想象，在那个天真烂漫的童年，她一定和那些跟她同龄的撒拉族女伴玩跳房子，解绷绷翻绳子，玩骨节丢沙包，和藏族女伴在草地里牧牛羊唱藏歌，追羊羔挤牛奶吧。那个时候，年少的邓春兰必定有过一个快乐的童年。

在封建时代，撒拉族女子没有缠足的恶习，所以艳姑（少妇）们走路很“干散”（有范儿），无忸怩之态。有首幽默诙谐的“花儿”在甘青两省可以说是妇孺皆知，尤其在撒拉艳姑的故乡——循化县几乎人人都会哼唱：

大力加垭豁里过来了，
撒拉的艳姑见了；
撒拉的艳姑是好艳姑，
艳姑的脚大（者）坏了；
脚大手大你甭谈嫌，
走两步路是干散。

从甘肃翻过天然屏障大力加山垭豁的第一站就是这座明代修筑的城堡——起台堡。“先有起台堡，后有循化城。”

这样的民间俗语标示着起台堡在循化县历史上举足轻重的地位。明万历年间，居牧于青海的蒙古贵族铁骑成为西陲河湟的顽敌，史称“海寇之患”，几度使边陲岁无宁日。起台堡正是在这样的历史环境中应运而生，承担起了关隘防御的战略责任。有个民间传说，说当时负责修筑起台堡的官员奏报明朝廷起台堡工程巨大，占地极广，需要增加经费和驻守官兵。朝廷复问到底有多大？官员报曰：城东城西之阔，一月不同季，一地不同俗。于是朝廷增加建设资金，加派官兵常驻于此。

其实，位于循化撒拉族自治县起台堡村，是今道帏藏族乡唯一的一个汉族村落。城堡东西长150米、南北宽125米，夯土筑，基宽9米、高12米，城墙设有马面。东西开门，东门设有关厢，关厢三面周长430米、高4米。南关厢为清乾隆五年时增筑的。可见修筑起台堡的官员的确属于“小人无过人之计,则不足以乱国”的那种小人智慧，那时候的一个小小官员竟可以如此瞒天过海。

还好，在朱元璋“移民戍边，置卫兴屯”的大背景下，这些来自中原的汉族人，作为明朝帝国的一粒棋子撒落在西北边陲少数民族当中，同时把中原的文明带到了循化这个文化孤岛上。更加可喜的是起台堡养育了这位在五四新文化运动中，第一个喊出了妇女的心声、带头冲破了大学女禁、为争取妇女同男子有平等教育权利建了首功的邓春兰。

非常奇特的是，那时候的撒拉族女子几乎不能上学的，也不懂汉语。但是，多数女子除了撒拉族的本名之外还会有一个别致的汉文名字，这种名字之前一般不会冠以姓氏，而撒拉少女常用昵称为阿娜，很洋气。如此，再加一个梅花姑、桃花姑、桂花姑、荷花姑、菊花姑、朶石榴等的别名。这样，她们除了有花一样的美貌之外还有一个花一样的名字。

我想，此时此刻，从起台堡城走出来的民国奇女子邓春兰应该也有一个花的名字吧，那么她就叫兰花姑吗？兰花姑！兰花姑！春兰芬芳的兰花姑。

早在20世纪初，我国一些进步人士就倡导过男女教育平等。辛亥革命后，蔡元培、李大钊以及胡适等，又多次提出男女教育平等的主张，但由于北洋军阀政府的腐败和封建势力的反对阻挠，根本得不到采纳实行，到1919年，全国国立大专院校中仍然是“女子竟无一人”。为冲破女禁而奋起抗争的先驱者中有一位女青年，她就是邓春兰。

1911年，13岁的邓春兰在家乡高小毕业后，随父邓宗到兰州入省立女子师范学校读书。此时的循化完全处在封建社会腐朽实力的裹挟之下，女孩子学习汉文化的行为被封建遗老遗少们视之为“不遵祖训”和不守妇道。毕业以后的邓春兰在兰州一所小学任教，此时的她从自己不能进入大学深造的遗憾和一些男女不平等的现象中，深感世道的不公平。也许深深刺痛她内心的不一定是兰州那些上了中学而无法上大学的女子们吧。那时的循化各地处在文化蒙昧时代，除了起台堡和县城的义学有少量的学生入学之外，其余各村几乎没有一个文化人。邓春兰的父辈用自己的钱财和义举兴办民间义学，邓春兰和起台堡的村民们不仅成了受益者，而且把义学推而广之。但是，真正能够入学的农家子弟几乎很少，更何况是女子呢？

那个黑暗的时代！

而此时，她心里想到的可能是在遥远的家乡循化，那些如花一样美丽的撒拉族女伴和同样有花一样的美貌和美丽歌喉的藏族女伴格桑拉毛、岗拉美朵、岗格拉毛、措琼白玛、达哇卓玛们或许已经嫁为人妇。她们小小年纪已经开始承担起家庭的重负，在遵守妇道的大话语权下，日出而作日落而息。她们所承受的重担完全超出了十几岁女子那柔弱的肩膀。她们那花一样的容貌和名字也如昙花一现，来不及惊艳就凋零了。邓春兰也许从她幼时玩伴们的命运想到了中国千千万万妇女的命运，想到了中国的命运吧！这些不难从她的求学和人生轨迹中寻找到答案。

正在这时，《北京大学日刊》登载了北京大学校长蔡元培的《贫儿院与贫儿教育的关系》演讲全文。文中再次呼吁男女教育平等。邓春兰看到后，十分激动。不久，北京掀起了五四运动，五四的狂飙又给了她勇气和力量。她再也按捺不住自己的满腔热情，便奋笔疾书，于 1919 年 5 月 19 日，给蔡元培先生写了一封信，倾诉自己多年的夙愿。

由于社会舆论的推动和各界人士的大力支持，北京大学于 1920 年 2 月，终于先后招收了 9 名女学生入学，邓春兰便是其中之一，并被分在哲学系学习。这 9 位女青年成为我国历史上男女合校后的第一批女大学生。至此，这沿袭多年的“男女有别”的封建戒律——“大学女禁”在五四运动中，在邓春兰等有志女青年的奋起抗争下被打破了。

起台堡古城兴盛一时，那些最初的官兵远离故土，“亦军亦民”成为循化一道独特的风景。曾经的起台堡，作为军事目的是国家力量的体现，它必须是善武善战的。明朝的军户是军人的主要构成部分，边地驻防的军人以军户壮丁为主，由于军户这一特殊身份，以及其不可改变的特征，这些普通戍卫战士必须携家属，目的就是要使他们逐渐定居到戍地。这样就使军户移民的规模扩大，从而明王朝的戍边卫就会形成比较庞大的移民社会。起台堡不仅仅是循化汉族的所在地，还是循化教育的发源地，起台堡人邓富创办起台堡私塾之时，循化县还没有兴起教育之风气，当时不仅官学教育不景气，私塾也不多，全县共有两所私塾，起台堡私塾是其中之一。可见，起台堡在文教方面曾经走在了全县的前列，邓氏家族的英杰更是影响了甘青两省的教育界和文化界，而作为文教的兴盛，却反映了起台堡人主动崇文的一面。

邓春兰的故居已不复存在，看不出这位民国的气质女性曾经生活过的影子。想当年，邓春兰的气场如同起台堡的气场一样，震撼了东方黎明，那时的中国，谁都不会想到，改变女性求知命运的人竟是来自偏僻一隅的起台堡的女子。至今，数万女同胞得益于这样一位柔弱女子的抗争，实在值得令人仰望和缅怀。

我曾多次到过这座被废弃的和村民逃离的城堡，站在曾经高大的西城门，回眸百十来米的东城门，时光恍如隔世。隐约间，我似乎看到旌旗猎猎，战鼓齐擂，战马嘶鸣。可是，这一切稍纵即逝，时光归于平淡，起台堡还原于现实。我似乎又听到了书声琅琅，琴声瑟瑟，古韵悠悠。而这一切是比较真实的：一位老者，一袭长衫，一顶礼帽，一把戒尺，一书《春秋》;半大稚子，半脸童真，半腔天籁，半天咿呀，半部《论语》。

曾经，我把自己扮成年少离乡的游子，回归以起台堡为地理标志的故土。纵然满脑子都是“少小离家老大回，乡音未改鬓毛衰”的诗句，但是，起台堡却无儿童相问我从何处来，空空如也的尘土巷陌在夏日的阳光下显得更加刺眼和落寞。何处是故乡何处是归途！天空的灰鸽把哨声带向远方余音回绕，我疑惑它是不是谁家旧时堂前燕。

我也曾把自己想象成领兵百万的将帅，站在城堡北侧的护城河边，命令弓弩手向城墙上万箭齐发。无奈，所有的箭镞纷纷折翼坠落城下，“强弩之末，势不能穿鲁缟”！我的高傲和自负被折返的利箭刺穿，只剩下血染胸口的我。

我也曾把自己化成一位武功盖世、绝世无双、仗剑行走的江湖大侠，想带上世间所有的豪情和胆气。不料，在起台堡，《四书》《五经》中所有的先贤圣哲纷纷登场，他们的强大气场把我团团包围。所有的江湖侠气在这里没有任何的底气显得黯然失色，《书剑恩仇录》无法在这里上演，我落荒而逃。

我也曾憧憬过自己是一位才气过人的俊朗书生抚琴行吟，想用自恋和桀骜不驯折服世间所有的怀春女子。岂料，起台堡是位善文善舞的女中豪杰，我似乎听到义学的教室里邓春兰吟唱“生当作人杰，死亦为鬼雄”的英雄气概。我所有卿卿我我小气的吟哦，在她面前都成了笑料。

我甚至想变成一位蒙面大盗，在月黑风高之夜潜入这座城堡烧杀抢掠无恶不作，想摧毁它经年积累的财宝和它的文脉底蕴。可是，我在博大精深的中华文化海洋里显然是个傻子和瞎子，找不到它的血脉和经络。它们已经被邓春兰化腐朽为神奇，用一种精神的方式渗进国人的骨子里。

我颓然地瘫坐在地，和起台堡城堡相对无言，一切努力皆成枉然。迈不去的坎，越不过的壑不是这座城池的高墙大门，而是从中透出的氤氲的文气，它不露声色地洇染了“遵循王化”的蛮荒和循化的旧时代。这种文化的坚韧力和穿透力时隔百年依然历久弥新散发出新的生命力。这个曾经被清朝歧视和鄙夷的循化已经成为青海的文化高地和福地。邓春兰的故乡道帏藏族乡也是土地肥沃，人称“紫金川”。这里“甘露降，风雨时，嘉禾兴”。也是物产富足，人文荟萃，人才辈出。

我伫立在起台堡几百年前的城墙门洞之下以手抚墙，

冰凉的土城墙没有任何的温度。我不断地敲打和叩问邓春兰故居的墙壁：十年人生怎么走？百年人生怎么走？风蚀雨淋的斑驳墙体像额头上沟壑纵横的老者，它知道自己曾经的过往，却无法把握年迈的当下，更无法预知莫测的未来。它用不言不语来回答我所有的困惑，这或许是它的睿智吧！

望着邓春兰故居十室九空，满目皆是被废弃的房屋和荒芜的杂草。屈原的《离骚》浮于脑海，"兰芷变而不芳兮，荃蕙化而为茅"。是啊！兰与芷都消失了芬芳，荃与蕙都化为了草蔓。

黄庭坚说："兰如君子，蕙如士大夫。"邓春兰是君子，更是胸怀天下的士大夫。她应该是近代中国过不去的一道坎，是青海高原的一朵璀璨的明珠，也是循化一枝独秀的女中豪杰，更是万众值得敬仰的文化先辈。

到此时，由于文章的需要，我才明白蕙兰是中国特有品种，蕙兰的花蕊就是"兰心、蕙心"，我猛然醒悟，难道它不是和邓春兰对国家对民族的赤子之心相吻合吗？

奥斯曼

1978年的猎枪

奥斯曼，本名韩晓炫，撒拉族，青海省循化县人，系青海省作家协会会员，曾就读于鲁迅文学院少数民族作家班、全国人口较少民族作家培训班等。先后在《民族文学》《青海湖》《青海日报》等报刊发表过作品，有作品收录到《少数民族文学作品集·青海卷》。2016年出版长篇小说《前世流传的玉》，为撒拉族文学史上首部长篇小说。

1978年的猎枪

那一年夏，我还在特警队，过着不是在烈日下训练就是大街上巡逻的日子，每天都是重复的清晨和黄昏，一切紧随着“号角”声在“例行公事”。那时的时光，平静而慵懒，内心是淡淡的无奈和迷茫。

有段日子，我们集中练习枪械，从警棍到手枪、步枪、狙击枪，每天拆来拆去的。课间闲暇，我们就拿着枪械装模作样地拍照，偶尔发给家人、发给父亲看。父亲看了，总能品味良久，其实他看的更多的是那些拿在我手里的枪械，眼神里是那种久违的柔和的光。

是的，他喜欢枪，喜欢了一辈子。

一

我出生在青藏高原东部一个叫循化的美丽小城，是全国唯一的撒拉族自治县，撒拉族也是全国22个人口较少民族之一。是的，我是撒拉族。黄河从我们家乡穿过，我的老家就在黄河的清水湾，我们世代依山傍水而居，我们饮着黄河水，我们就在这片土地上生根发芽，在黄河岸边长大、成熟，一天天，一年年。

父亲和枪的缘分始于他的青春年代。

那时，新中国已经成立，战火也已经开始远离人们的生活，处于青藏高原河湟谷地的撒拉川虽未留下太多浴血奋战的历史，但革命的热情丝毫不输其他地方，保家卫国的壮志并未削减，各乡镇各村的民兵连依然坚持刻苦训练，随时准备上阵沙场抛头颅洒热血。

村庄里，除了红红火火的生产队之外，背着枪、喊着口号、列着整齐队形的民兵连算是最风光亮丽的一道风景了。说他们比较风光，是因为，当村里的人们每天跟着生产队重复劳作时，民兵连却不需要参加劳动，总能看到他们背着枪迈着整齐步伐穿过众人羡慕的眼神，把日常训练做好，就能跟劳动者们拿同样的工分。

父亲正是他们村的民兵连长，按照上级安排，带着他的民兵队伍认真参加体能、射击等训练，还有战时演练。那时候的他是一位意气风发的撒拉族青年，当然亦是三个孩子的父亲了。

父亲的枪法很准，乡间曾几度传着“神枪手”的美誉，大家见了他都会竖起大拇指。这个是有例证的，比如同村的阿布都老人，每每谈起父亲，他就以无不赞誉的语气说，父亲的枪法准到百米之外可以近乎完美地射穿一枚银圆。

鉴于父亲的枪法和带队能力，一直以来，他都很受乡里和县里武装部领导的赏识，每每有急难险的任务，都交给父亲的连队去完成，也曾几度拿下过骄人“战绩”。那时候，每次乡、县甚至更大范围内组织野外拉练、射击比赛时，父亲和他的连队都会拿下好成绩，争得不少荣誉，自然口碑越来越好，民兵连长的位置越坐越稳。

有一次，省上下达紧急命令，要求县上选派一支优秀民兵连到省上集结，随时做好战时准备。县上根据实际情况，指派了父亲所在的清水乡民兵连到省上集结，接受上级领导的指示。于是，父亲匆匆和家人告别后，带着连队连夜赶往省城西宁。而母亲和三个孩子，却陷入了恐慌和不安中，期盼着父亲早些回来。

据父亲回忆，当时他们到省上集结后，不知为何没有接到派往战场的指令，只是一直待命。两个月后，父亲他们连队返回家乡了，虽然，母亲他们非常高兴父亲能平安回来，而父亲多少有些失落的情绪，毕竟他的内心还是希望在战场上为国为民贡献力量的。当然，他也深深明白服从命令是天职，一切由不得他。

那天，回到家后，父亲将步枪擦了又擦，还上了一次油，最后认真地挂在了北屋正中的墙上。据说，整个擦枪、上油和挂墙的过程中父亲的脸色一直很严肃，几乎没有说过一句话。

二

那一年秋收过后，父亲所在的生产队劳动任务比较重，于是，给暂时没有训练任务的父亲和同村的一位名叫亥力路的叔叔分配了生产队的犁地任务。

那些需要父亲和亥力路叔叔两个人犁的土地，离村子隔着一条黄河，在村子的北岸，本村人习惯叫“河北地”。

因为船只交通不便，父亲和亥力路叔叔就收拾好简单的家当，索性住在了“河北地”。他们搭建了简易帐篷，支起了锅灶，烧起了柴火，生起了炊烟。出门人的犁地生活，就在一杯印有毛主席头像的铁茶缸里开启了。

敏锐的父亲，第二天就发现了令他兴奋的一些情况。这一发现，给后来他们的犁地生活带来了很多乐趣，改善了他们的生活，使他们枯燥乏味的犁地工作生趣不少。

犁地间隙，父亲带着亥力路叔叔翻过一座山坡，发现山脚下是一大片树林，似乎处于没人开发过的那种原始状态，叫不上 名字的各类树木长得特别旺盛，树下是多年累积的枯叶。他俩谨慎地走在树林里，像极了探险家。突然，一声短促的哗啦啦声响，打破了寂静的树林，也着实把他们吓了一跳。原来，是一只受惊的野鸡。继续往前走，他们又看到了许多野兔，一下子钻进厚厚的枯叶中，不见了踪影。

亥力路叔叔，这才明白了父亲的用意。俩人对视，看着对方会心地笑了。

从树林回到住地后，亥力路叔叔划着羊皮筏子“奉命”回去取枪。父亲继续犁地，但明显感觉轻松不少，嘴里还哼起了小曲儿。

第二天，亥力路叔叔带着父亲的猎枪赶回了帐房，父亲立马从地里跑过来了，拿着猎枪的他显得很激动。俩人喝着熬茶吃着亥力路叔叔带回来的锅盔馍馍，简单地分了个工。由亥力路叔叔负责下午的犁地任务，父亲则去树林打猎。亥力路叔叔还半调侃半认真地跟父亲达成协议——只要父亲能打回野味，以后的犁地任务就交给他，父亲便可安心地打猎，改善伙食。

于是，饭后亥力路叔叔带着牛儿去犁地，父亲背着猎枪钻进了树林。走之前，亥力路叔叔还不忘长长地吆喝几声撒拉小调，给予父亲信心。父亲听着亥力路叔叔渐行渐远的小调，脸上全是笑容，握着的猎枪有了更重的分量。

那天傍晚，亥力路叔叔犁完地早早回到了帐房，顺便带来了一捆柴火。他洗漱过后开始烧制熬茶，他甚至提前把盛满水的深口铝锅也支了起来，再小心翼翼地把火种引过去，适量地添柴，把火烧旺烧红。他想着，父亲的野味一来，抓紧拾掇下锅，美美地来一顿，好好洗去一身尘埃。

一切准备妥当，熬茶已经飘出香味了，柴火烧得也越来越旺了，但不见父亲回来。看着天色渐黑，亥力路叔叔有些担心了。他丢下手里的柴火，披上皮袄，拿着手电筒，一路沿着田间小径向树林追去。

正当亥力路叔叔心惊胆战地在树林里摸黑寻找父亲的时候，突然一声："别动！"愣是把他吓破了胆子。反应过来后，他爆了一声粗口，责怪父亲这么晚了不回来，让他着急。

父亲只是从身后拿出了三只野味，亮在亥力路叔叔眼前，其中有一只还是鹧鸪呢，抓到它还是比较难的。亥力路叔叔看着三只野味，笑出了声："哈哈哈，不愧是连长，打枪就是准啊！走走走，水都烧好了。"

他们的笑声穿过树林，穿过黑夜，响彻了空旷的山谷。

那晚，父亲和亥力路叔叔美餐了一顿，要知道野味对我们这个年代的人来说都不知有多美味，更何况是在生产队的那个年代里，美餐后，他们长久以来的疲倦不知跑哪里去了。

更为美妙的是，他们把鹧鸪煮熟后，并没有直接吃，而是将它作为面片的佐料，掺进一锅饭里，再满满地舀上一碗，美滋滋地吃了下去。那味道、那香气，让他们感到暖暖的幸福。

父亲回忆说，那晚他俩把一锅面片吃得片甲不留了。他说他好像吃了四碗，还说亥力路叔叔吃得肯定不会比自己少，这时，父亲的脸上都是幸福的笑容。

随后的日子里，父亲和亥力路叔叔就按之前的约法三章，各自分工做事。每天日出，亥力路叔叔将牛儿喂饱后，就扛起铁犁，到田间犁地。而父亲就轻松多了，将茶杯灌满，口袋里再装两个锅盔馍馍，背起枪向树林方向走去。

父亲的枪声响起在山谷间、树林里、后山坡……响起在亥力路叔叔的心里——每当父亲的枪声从远处传来时，他的脸上总会露出笑容，不忘低声说道：“这家伙又打准了一只，哈哈。”

生产队的生活是重复的每一天，按部就班地做着毫无生机的劳动。而父亲和亥力路叔叔的犁地任务就没那么无聊了，特别是遇到下雨天，他俩索性背上茶壶和馍馍，一起到树林里打猎。中午就在树林里喝熬茶吃馍馍，别有一番滋味。

那时，他们的猎物除了自己食用外，有一部分是捎到家里去的。隔三岔五，亥力路叔叔划着羊皮筏子渡过黄河，顶着月光，将美味送到母亲和孩子们手中，送到自己家中，改善了家中妻儿老小们的生活，使他们也能在艰苦的岁月里感受到生活的美好，让他们有了等待与希望。

每当亥力路叔叔划着羊皮筏子渡过黄河将野味送到家中时，父亲看着河中越来越小的羊皮筏子，他的脸上就会有幸福的笑容，内心里充斥着满满的自豪感。他知道，母亲和哥哥姐姐们吃上了肉。

三

那一年，国家出台了政策，土地开始实行家庭承包制，按人口分土地，开始自主生产经营。我们家分到了五个人的土地，父亲、母亲、哥哥和两个姐姐的共约四亩。

分田到户确实提高了农民的积极性，但在那个一穷二白的年代里，大家的日子还是过得比较清贫和苦闷，家家户户一年到头吃不了几回肉。

为了让家人生活过得好一点，除了辛勤耕作土地之外，父亲还靠打柴补贴家用。那时的打柴点主要选在黄河对岸的竹子山，山上有很多树木，还有一些天然的花椒林，有樱桃树、山杏树等。因为要跨过黄河，且山高坡陡路难走，因此没有几个人敢去竹子山，更何况是去砍柴，即使砍下来了，渡过黄河也是难题，那时候的羊皮筏子规格比较小，仅仅载个两三人，运送大量砍柴不太可能。

父亲却尝试了，当然他有他的办法。他是乡间最有名的水手之一，这个我是可以证明的。2000 年以来，循化县每年会举办国际性的强渡黄河比赛项目，从首届开始，父亲连续六届作为民间水手参与过赛事项目，为家乡赛事发挥了才能，这个我们是有目共睹的。

所以在那个年代，还年轻的父亲坚持到竹子山上砍柴，他将砍下来的烧柴通过羊皮筏子运送过来，然后将可以用作盖房子的好木材，用绳子将木材绑好，利用自身会游泳的优势，将身子的一端系在自己身上，连同木材一起漂流下来，漂流 200 米左右时，父亲就能上岸，最后将木材装在架子车上后拖回家。

有时候木材比较多，父亲只好一天来回漂流五六次，更多时连着漂流七八天，他一定会把好木材全运送过来，拿到市场上去卖。木材比烧柴卖的价钱高多了，许多人家盖房子都要用，因此市场需求也很大，甚至好多人直接找到家里来定制。这无疑增加了父亲的负担，当然，父亲为了多挣些钱，无论多苦多累多危险，他都会如期交货。

父亲，通过他的努力，确实将家里的生活条件改善了很多。那时，村里上学的孩子没几个，而他率先将哥哥和姐姐送到了学校。

父亲在砍柴期间，也对竹子山了如指掌，哪里有树木，哪里有野果林，哪里有草地和饮水源，他都一清二楚。当然，他也不会不清楚竹子山的猎物情况。

竹子山上有很多栖息的岩羊，在那个岩羊还没有被列入保护动物的年代，这自然吸引了父亲。于是，砍柴间隙，他和同村的老友亚合亚一同去狩猎。

运气好的时候，父亲和亚合亚俩人每人扛一只回来，然后将一部分肉留自家用，还有一部分施散左邻右舍和亲戚，让他们在平淡的生活中解解馋。每次打猎回来，家里都比较热闹，村里的人都拿着瓷碗来取羊血，因为听说岩羊的血能治肺病。

在父母的努力下，家里的生活条件日渐变好，父亲每年都会猎来几只岩羊、野兔和野鸡之类的，为生活增添了很多生机。有一年，收获的猎物比较多，母亲将剩余的肉都切成小肉块，在烈日下晒干后储存，以备冬天食用，或者年终过节的时候施散一些给邻居和亲戚。

父亲的砍柴和打猎也并不是每次都很顺利。听父亲回忆，有一次他和亚合亚去竹子山，接连巡了三四天都没发现猎物，干粮也用完了，就在他们无精打采回去的路上，行至沙坡时，发现坡下三只喝水的岩羊。他们随即趴下，以免惊跑猎物，父亲随即瞄准了，准备随时开枪。不料，枪还未开，猎物却突然惊醒般的跑远了。难得发现猎物，他俩又像打了鸡血似的，决定去追赶猎物，即使没有过夜的干粮。

他们一路沿着猎物方向寻去，却始终不见踪影。经验丰富的父亲，决定以守为攻。于是，他们就在饮水源对面山坡的草地上埋伏。父亲说，刚才岩羊没有饮水，一定会再次下来饮水的，只要守好位置不惊扰应该没问题。

仲夏的天，太阳毒辣辣地照在父亲和亚合亚埋伏的草坡上，让他俩燥热难耐，但是为了不让猎物发现他们，他俩即使再热也一动不动地趴在原地，丝毫不敢动弹。这一趴就趴了四个钟头，俩人浑身湿透了，眼睛生疼，几乎要晕厥。功夫不负有心人，就在太阳快下山时，父亲和亚合亚同时眼前一亮——他们看见被惊跑的三只猎物又回来了，沿着山路走向饮水源。

父亲和亚合亚，不慌不忙，打起精神，父亲再次托起猎枪，小心翼翼地瞄准了猎物。猎物还在移动，还没有正式俯首饮水。猎人屏住呼吸，害怕一呼一吸会再次惊跑猎物，只好等待最佳时机，再扣动扳机。

“啪、啪……”枪声打破了寂静的山坡，父亲连着开了两枪，然后收起枪就追上去，亚合亚也是一手拿着刀追过去。三只猎物撒腿就跑，其中一只没跑多远就倒下了，亚合亚追上去就按地方习俗宰杀了。父亲继续追另外两只，追到山崖边时，其中一只跳下山崖，朝谷底逃去，另外一只往山顶上跑。这时，父亲停下来，瞄准猎枪往山坡上开了一枪，那只往山顶跑的岩羊应声倒下。这时，亚合亚也赶过来了，他手脚麻利地追过去宰杀了那一只被父亲开了两次枪后打准的猎物。

收拾好两只猎物后，俩人又去追那只跳下山崖的猎物。父亲断定，他一定打准了那只岩羊的，他给一脸疑惑的亚合亚解释道，打准的猎物因体能不足总会选择最快的逃避方式，所以那只岩羊跳下山崖，朝谷底方向跑去。果然，父亲的猜测应验了，他俩追到崖坡上时，看到山崖下面那只奄奄一息的岩羊，真的被父亲打准了呢。但是，人又没办法像岩羊一样敏捷地下崖。正在犹豫为难之际，亚合亚拍拍胸脯说自己体重比较轻，可以下去把猎物拖上来。于是，父亲将绳子在亚合亚身上系好，才放心他下去。亚合亚宰杀后将自己连同猎物一起绑好，然后父亲再用绳子拉了上来，整个过程是极其危险的，但父亲他们成功了。那一次，他们像个大英雄一样背着三只猎物走进了村庄，在村里人无不赞叹的眼神中进了家门。

每每回忆这些情节的时候，父亲的脸上都是满足的笑容，那样的年代，父亲将生活的苦难和重任勇敢地挑在自己肩上，为了让家里人过得好一些，他尝试了很多别人都不愿意做的事，比如上竹子山砍柴，比如在黄河里用身体渡木材，比如用猎枪改善我们的生活……

四

生活的苦难，对于每个人都是一种考验，有的人倒下了，有的人坚持了，获得的人生也是不一样的。父亲一生好强，做任何事都井井有条，有自己的一套方式方法，绝不落后。他也时常教导我们一定要以善良为本，自立自强，凡事绝不能落在别人后面，不能做个失败者。

待我出生的时候，家里条件好多了，父亲也不用靠打柴狩猎补贴家用了，他发挥撒拉人敢闯敢拼的精神，到兴海县藏地做生意。十几年来，生意做得越来越好。听村里老人说，我们家的五间新式北房是全村第一个修建的，还有父亲那时候的坐骑——幸福牌摩托车，也是全乡没几个人会有的。

那时，哥哥已经成家立业，大姐也从学校毕业后当了老师，他们是全村为数不多的几个上班族。尽管家里的条件好了很多，日子过得也越来越稳当，但父亲总觉得缺少了什么。原来，他还是舍不得丢下他的那把旧猎枪。

20 世纪 90 年代，早已没有了民兵连，父亲也没有大展身手的机会。于是，每年夏天，他约上几个老友，背上干粮和他的猎枪，钻进当年的竹子山再次追寻往日的回忆。当然，也许鉴于各种考虑，父亲和他的老友们每次从竹子山回来都是两手空空，没见带来什么猎物，但丝毫不影响他们去打猎的兴致。每年夏天，他择好日子后依旧和老友们坐着羊皮筏子渡过黄河，再爬上竹子山。

大概在我十岁那年，记得有一次，父亲突然将猎枪端到我面前，叫我拿着。我愣了一阵子。要知道以前，父亲从来不让我们碰他的猎枪的。

那天，父亲心情特别好。在我们家果园里，父亲将三五只玻璃瓶放在果园南面的墙角，然后带我回到果园的北屋前，趴在地里叫我瞄准那些玻璃瓶。父亲说，他测量过距离，刚好是 100 米，可以做正常训练测试，有一定的科学性。我那个年纪哪懂这些，我只觉得拿着枪浑身热热的，大气都不敢出一声，又害怕让父亲失望，只好咬着牙瞄准了百米外的玻璃瓶。

正要开枪之际，一只从草丛中冒出来的野兔不偏不倚正好停在那些玻璃瓶旁边，父亲见了拍拍我的肩膀——快射啊！而我一直不敢扣动扳机，看着一动不动的野兔，我手心直冒汗……父亲见状，有些着急地喊道：“开枪啊！”我愣是瞄准着一动不动，直到野兔变模糊，直到那些玻璃瓶模糊，再也看不清。在父亲的叹息中，我却开了枪。子弹不知射向了哪里，只看见几只受惊的鸟儿扑腾着翅膀飞出了果树林。

我把枪还给了父亲，父亲看了看我，趴下来一一打破了那些瓶子。那天，父亲给我讲了很多很多话——我只记得他说了很多，却不记得他说了什么。

我想我是不适合做枪手的，扣动扳机对我来说很难，我无法对一个生命开枪，因为看着野兔那鲜活的生命的状态，我从心底里是排斥的。

我不是说自己很高尚，也不是说父亲和亥力路叔叔他们如何，我只是觉得，在这世上每个人都有自己对待生活的方式，我们不应该以现实的眼光看待过去的一切，包括那个饥饿或是物资匮乏的年代。父亲他们用一把旧的猎枪，给我们的生活带来了很多生机与希望。

而且，父亲的那把猎枪，父亲瞄准猎枪时的认真模样，父亲带着民兵连参加演练的场景，父亲打猎回来自豪的神情等，都曾在乡间留下美丽的烙印。而父亲扛着猎枪走出家门的背影，却一度让我感受到了男人的另一种美，父亲的美不是虚夸的和消极的，而是扎根在生活中的美。他质朴坚韧，阳刚执着，热爱着他的生活，珍惜着他的光阴，呵护着他的家庭、他的儿女。

父亲的猎枪，陪伴了他的大半生，它在墙上在枕头旁在宽厚的肩膀上，成了一种对待生命的诚恳和敬畏。以现代人的眼光来看，其实恰恰将原始的生存习性与现代生活的闲情逸致完美地结合在一起，可以成为我们向往的目标。然而，现今也只能回忆罢了，而无法亲临感受，世界在不断地变化，人们的生活水平越来越好，我们只能深深地回味以慰藉失落的心情。

一切停止在猎枪消失的那一年。

对于猎枪消失的缘由，父亲一直没有跟我们讲。我只知道，那一年春，跟往常一样，父亲准备去藏地，临走的前一天，他拿出了那把心爱的猎枪，看了又看，擦了又擦，像他的孩子一样温柔地抚摩着，直到深夜。第二天，父亲走了，也带走了他的猎枪。

冬天回来时，只父亲一人，而没有看到那支猎枪。父亲只是谈他藏地的生意和见闻，像往常一样谈笑着，而我从他的眼神中看到了某种失落和遗憾。我想起，他临走前母亲曾对他说过，乡上现在到处收缴枪支，如果发现会处罚的。父亲听了没有说话。

我想，父亲的猎枪一定是埋在了藏地的山林里了，那是他待的时间比较长的地方，他也曾在那片山林里延续过他的打猎习惯。当然，那个年代早已不是挨饿的光景，他只是打野味，情趣大于实用是最大的变化。

也许，他将那把猎枪挂在了某个藏族的家里，或者送给了他的藏族朋友了呢。父亲能说一口流利的藏语，藏族朋友很多。

五

而今，我也从警察系统调离到地方，不再从事跟枪械有关的工作了。但是，每每见到枪，就会自然想起父亲的猎枪，那把旧旧的被父亲上了油擦得亮亮的枪。

父亲用猎枪温暖了我们，给我们的生活植入了一种希望，还有他的老友亥力路叔叔、亚合亚和他带过的民兵连，一切都构成了父亲生命中不可或缺的珍贵回忆。他对待生活的态度，对生命的敬畏，影响了我们一辈子，教会我们要热爱生活，热爱生命，热爱一切给予希望的东西。

怀念父亲的猎枪，怀念父亲的岁月。去敬畏给予我们希望的大自然，还有这个生生不息伟大的时代。

韩艳蓉

席　战

韩艳蓉，女，撒拉族，青海省循化人，现就职于青海省煤矿安全监察局。

席　战

也许是为了驱赶季节带来的孤寂和寒意，也许是为了迎合耀眼阳光带来的灼热，撒拉人几乎都会选择在冬季操办喜庆婚事。

今天，是本家亲戚嫁女待客的日子，村里本族所有的儿媳都要赶过去帮厨。

这是规矩。

晨礼结束后，男人们径直去参加村里的一场大聚餐，吃主食“果积”，这种吸收了整整一个黑夜火光的浓稠肉麦粥，是一种悲伤的食物，是为了悼念三天前去世的一位老人而操办的。但孩子们欢天喜地的，在他们看来，这是记忆中唯一一个全村老幼妇孺都能同时享用的大餐！有时候，主人家尽管事先准备好比一般宴席超出很多的碗筷桌椅，但始终是不够的，有时候连大人都要等待着轮流用。孩子们自然都是要自带碗筷的，家长们多数都不会给自家孩子带常用的瓷碗，因为很多时候粥还没吃到，或者前脚刚踏出家门，碗就有可能打破摔碎了，于是干脆让孩子带上了茶缸子。孩子们反倒乐呵，三五个组成一团，叮叮咣咣，勺子敲着缸子，一路吵吵闹闹喊打喊杀地行进，更不用惧怕排队抢粥时打起架来摔了碗，回家还得挨顿揍。

肉麦粥里，牛羊杂碎是主味，精心炒制过的肉丁、蚕豆、青麦足以提味，文火慢熬了一夜后，小麦的清香、本地独产的花椒、窖藏葱白的辛辣飘香而出，揪着半片黄涔涔的薄饼子，老人们白花花的胡子上沾满了粥："一锅好汤，一锅好粥！"

肉份子是吃"果积"的终极目标。按照传统习俗，每人都会分得一块与自己的身份、年龄相对等的肉块。这时候，孩子们就炸锅了，他们将分肉份子的叔伯里三层外三层围个水泄不通，涨红了脸蛋，顾不得头发被挤压得变了形，一手拼命伸前抢夺肉份子，另一只手还要死死攥住弟妹的衣领脖颈。到头来，地上几顶不知谁的帽子，被踩过来踢过去全然看不出颜色，有的孩子迷瞪着眼睛擦着鼻涕蹲在墙根，碗里空空连个肉渣也没争上，而个头高一些的孩子，茶杯子满满的肉份子，欢天喜地牵着弟弟妹妹回家了。

悲与喜的瞬间转换，一如生命更迭不休，撒拉人相信，是食物赋予了生命重新铸造的心灵的契机。

帮厨之前，媳妇们先要安顿好各自家里的老小。用一晚热汤面对抗高原的凄冷是最适合不过的。

早饭照例是太奶奶爱吃的碎饭，又薄又小的面被孙媳妇切成菱形小块，活脱脱像一片片雀舌，倒进去炒好的一碗鲜嫩可口的白葱羊肉丁，汤汤水水，不拖舌，不鲠喉，深得太奶奶欢喜。但孩子们偏爱母亲手掌心搓出来的“蚯蚓”。每每此时，母亲就会将自己的头连同半个身子都塞进孩子的被窝里，黑暗中，摸索着找到彼此的脸庞，紧贴在一起，咯吱咯吱笑起来，孩子们也就醒了。母亲压低了声音说，吃“索格勒将阿西”了，他们就像被灌了一口鸡血，一骨碌翻起来。

他们目不转睛看着，青稞面团被母亲的指尖一揉一搓，便有无数条黑乎乎的小蚯蚓躺在了面板上，但接下来静静等待从蒸笼的过程是最难熬的，便七手八脚地帮忙剥葱、拿酱、洗菜、捣蒜，催促着母亲趁闲赶紧炒制配菜，好等“蚯蚓”一出笼便狼吞虎咽享用。

大伯母是本族中的长媳，作为一个撒拉女人，她恪守本分、勤快能干，田间地头、锅灶家务样样活没有拿不下来的，但只要婆婆尚在，她也只能算是半个掌柜。女儿的婚事一谈下来，婆婆就指明，让她扎稳了心守住油锅，所有油炸面点都要由她来做，对她来说已经是莫大的信任了。

油炸面点，金黄满盈，在物资匮乏年代，最能巧妙掩饰主人家窘境。作为撒拉族待人敬客的必备食物，馓子的香味总是铺满了村村道道。

一个月前的一天，天还未亮，几个小伙子便被母亲揪到了亲戚家厨房，他们打着哈欠，开始帮着女人们炸馓子。这是一项极费体力又考验耐性的活儿，揉面讲究力量强劲、搓面则要确保力道均匀细腻。小伙们任凭婶婶姑姑们呵斥指挥，和她们一道，一遍遍重复着筛、发、醒、揉、盘、抡、搓的过程，十几道工序下来，一柔一刚，直到最后一根盘面被拉扯得比筷子还细时方止，他们看到，馓子盘错在铁盘里，色泽金黄、香味醇厚、质地酥脆、形态纤长，在缕缕青烟中滴油冒香，犹如出浴的金娥，也像一团团金色的云朵。

炸油饼时，手艺和经验是万不可缺少的，必须用最传统的做法，用泥巴造锅灶，用木柴生明火，用菜籽油做底。

大伯母明白，火势过旺，油饼表皮发黑，饼心面生粘牙；火势不够油温过低，油饼发白，瘫软不成型；她只要摸摸柴火的干湿度，瞅一眼灶台的深浅度，心里就有底了。一条小板凳、一个面板、几口陶缸形成了据点，大伯母熟练地揪起一坨面团，擀成圆形面饼，正中用手指戳个小孔，沿着锅边，将面块轻轻滑入油锅。菜籽油的清香和面粉的浓香，被裹进渐渐定型的油饼中，几分钟后的一个轻巧翻身，色泽金黄、清脆爽口的油饼就上桌了。

太阳终于慢悠悠上了天，几片结了冰的地面立即活了，像一面面贴在地上的镜子泛着光芒。几只鸽子咕嘟嘟踱着方步，和院落里几只无所事事的母鸡对视，互相扑棱着翅膀。院子里临时搭起来的帆布帐篷里，一排黄铜火锅被揭开了盖，等待着各种食材填满锅肚。圈里牛羊盯着明媚阳光，眼泪汪汪地妄想着能出栏蹦跶几圈。找不着母亲的孩子们醒了，空气中溢满的锅灶味打开、撬开了他们味蕾中的饥饿感，一个个“搐着”（青海方言，“皱着”之意）的小鼻尖，随着敏锐的嗅觉盯上了主人家。他们像是一只只狡猾的狐狸，躲在各自的母亲身后，扯着母亲的衣角盖着半张脸，用充满欲望和渴求的灵动双眼支配着母亲。

于是，主人家的厨房里，破了皮泛着油光的包子、渗着棕黑色汁水的糖包、躺歪了的馒头花卷、散了架的馓子、焦了半面的油饼都被翻出来了，孩子们欢喜地高举着双手就往嘴里塞，嘴角淌出来的汁汁水水滴答到衣襟上，男孩子们顺势用袖口一抹，连同鼻涕一起抹了去，女孩子们则小心翼翼地噘着嘴，生怕弄脏了花衣裳，年纪稍小的噎着了，翻着眼珠跟母亲要水喝，那急切的模样逗乐了一厨房的人。

有眼尖的媳妇，看到灶台上有碗搅团，那是主人家昨日请村里的阿訇和帮厨的妯娌们吃劳烦饭时剩下的。豆面做的搅团，盛在对扣的瓷盘中，虽过了一夜，但只需要放入蒸笼稍稍一热，依旧如刚出锅时光滑弹润，像水豆腐般嫩滑，旁边还有炒好的浇头，细小的肉丁夹杂碎小的土豆粒，零星地漂浮在上面，顿时让人垂涎欲滴。她心里想，若是夏天，在院里揪一小把蒜苗捣成泥，配自家油泼鲜辣椒面当佐料，用筷子切一小块，蘸一点盘中菜汤，那定是好吃极了。

热好的搅团还没来得及送到孩子嘴边，那边，大伯母看到孩子们陆续来了，炸油饼之余，顺手揪过一坨面团，垫进好些熟菜籽油，擀成薄片，切成或方或菱的小块，丢进油锅中，高声叫唤孩子们来吃“古古玛玛”，这种又甜又脆，只有在婴儿满月时才能分吃到的小炸糕立即吸引住了孩子们，他们争相涌过去，烫了手后“哎呀”一声，炸糕便落在地上，再捡起来已经或是沾满了锅灰，或是和地上的泥土和在一起，但他们毫不在意，用嘴一吹，塞一个进了嘴里，又藏一个到裤兜。

大伯母还在忙碌着。她利索地给一颗颗肥大的红枣挂上一层发面糊糊，迅速浸入油锅里，一挂一炸之间，枣香和面香就融合在了一起，薄薄的表皮通透酥脆，夹心软糯绵甜，便是油枣。之后是油炸蛋糕，这难不倒她，只需要将面粉用碱水发成不沾手不滴落的面糊，用手指撕出手掌般大小的薄面块，扔进锅里炸熟，上桌前再放入木质大蒸笼回笼片刻，便是一道比蛋糕还要绵软的油炸蛋糕，当然还要上一碟白糖好让客人蘸着吃，这样吃起来才更有一番滋味。

相比于冬天，一个丰收的季节更适合这个小城。秋天，麦田里已经看不到一望无际的金灿灿的麦穗，早先播种的冬麦七月初就已经颗粒归仓了。小城浮在黄河水波上，两岸田间、地头、农舍里的瓜果挂满枝头，风一吹，还没等人们欢喜惊叫，扑哧扑哧纷纷落地，像一不小心撞见陌生年轻男人的少女，真是羞得钻到地底下去了。村头一群孩子蹲在骆驼泉旁，看着一群媳妇洗麦子，周围茂密的芦苇丛、月季花、刺梅炸开了似的怒放，像是要赶在下一个季节到来之前把自己燃烧成灰。泉边两棵大树垂下来，树旁的寺门庄严而立，门后殿堂恢宏肃穆。

秋天，是大白菜的场，现在，已经转场到冬天，白晃晃的太阳反而让其他的瓜果蔬菜花花绿绿的颜色显得有些过于做作，过于显摆。

主人家坐北朝南的几间房，是今天待客的主房，贴着窗户的墙根，三四口枣红色的瓷缸闪着金光排成队，溢满的酸腌菜水沿着缸面，冲刷出几道灰白色的沟痕，即便是冬天，缸底下一些绿藻长得正欢，卷拥住了瓷缸，好像要攫取一些温度。

此刻，本家几个帮忙迎客的叔伯兄弟围住了酸菜缸。掀开罩布，黑黝黝的大石块紧贴着缸壁，死死地压住了白菜，发酵还在持续，酸水和着黄白色的泡泡，夹带着一股酸臭的味道冲出来，之后便是清爽脆亮的味道。来不及去拿盘子，几个男人便直接将手插进缸里，看都不看一眼，掏出来一大把脆生生的腌白菜，夹带着零星的冰碴儿，他们哈哈大笑互相埋汰，站在太阳底下，瞬间将一个硕大的酸菜帮子七分八落，接着大口嚼动，酸菜被咯吱咯吱咬断的声响与牙齿嘎吱嘎吱的打磨声极为协调。有些人偏爱腌花菜，从小缸里抓了一大碗，站在院子里大声喊着自己媳妇儿，女人急慌慌跑出来端着碗跑进去，紧着厨房响起一片嗞嗞声，被一勺油滚烫过后，花菜的冷酸感顿时被剔除，热辣感占据了上风，再端出来时，又是佳肴一道。

从踏进婆家门槛的那一刻起，以锅灶为界，以饭食为旗，婆婆与儿媳的“战争”便打响了。在往后几十年的岁月里，每天必定上演“厨房圈地赛”，这些“权利游戏”的激烈开展似是祖传既定的规矩，仿佛也是农村女人夺取优越感的“战场”，好比男人们出门挣钱，好比工匠攀比技能，也好比孩子们的成绩单。

同样，站在同一个厨房，家族里的任何一个女人，是随时叛变的“敌军”，也是托靠生死的“盟友”。她们为烹制一桌子美味佳食而共进共出，也会仅仅是因为包子馅咸了淡了、火势大了小了而相互嗤鼻、心存芥蒂。

一个撒拉艳姑，站在案板前，代表的是娘家教养，挂的是婆婆家的颜面，还有自家男子的骄傲。一个包子打 30 个褶子，一个糖包推开 20 层浪花，一个花卷能翻 10 个花边……指尖上暗暗较劲，一如她们平日里较劲谁家水仙花染出来的指尖最红眼，每个人看起来都像一只只轻盈的蝴蝶，扑闪着快活的翅膀，但彼此心里都明白，其实都是腿上挂满了浓蜜的，甜蜜压得她们快要掉下去。在高手如云的锅灶四周，新媳妇们期许着妯娌们一星半点的赞许，也开启了对荣耀感的最高追求！技艺，就在不自觉的竞争中越升越高！

母亲们都很能干，锅灶农活、缝补绣花样样拿手，从记事起，姑娘家们的眼睛就没离开过母亲的手，也琢磨出了点门道：包子皮太薄，馅料中的菜籽油会渗出来，影响美观；皮太厚，咬两三口都见不着馅。肉包馅料、糖包馅料制作虽然简单，但调配比例很是复杂，稍微的差别也能让味道全然不同。

新媳妇们尽力回忆、效仿着母亲，拿起半盆已经煮熟剁成碎末的白萝卜，拧干水分，把早就炒制好的羊肉末连同葱花一起倒进去，加入花椒粉、草果粉、味精、盐，又提起油桶汩汩倒进去，然后卷起袖子直接将两只手插进包子馅里，上下搅拌。雪白的羊油剁得粉碎，花生米炒好撇去杂物，用擀面杖磨成细细的粉，将白芝麻炒熟后清理干净，把这些佐料放入主人家提前准备好的黑糖中，糖包馅也算是准备好了。

食物，更需要的是完整的仪式；长长短短的时间内，原材料或被烈火熏烤，或在冰点凝固；或被高温蒸制，或被泡酿，酸甜苦辣咸被剥离、融合，有些味道被逼出来，而有些被填塞进别的食材中，最终实现味道的完美结合。

包子打头阵后，她们便开始着手制作今天席桌上的主食了。

层层叠叠的推起褶皱的是羊肉萝卜包，布满细小麻花纹路的是洋芋肉末包，糖包则需用指尖捏起包子皮，叠成三角形，放到蒸笼上蒸熟后，白糖裹进完全溶化的羊油中，夹带着葡萄干的酸甜和干果的混合口感，舌尖层层传达出的味道，犹如澎湃的潮水，激荡而又甜蜜。蜂窝糖包就更具特色，也更考验着新媳妇们的手艺。一块圆形面皮中间加入糖馅，用剩余边捏出 6 到 8 个小窝，每窝内放进去一至几粒色泽各异的碎果干，外形酷似蜂窝，烫面皮晶莹剔透，甚至能看到里面的馅料，一上桌便会被一扫而空。精巧的饭食中，馒头显然有些粗糙，外形肥圆活像莽撞不懂规矩的毛头小子，于是在入锅前，便被温柔地用菜刀轻轻划了一口，出锅后膨胀松软，那一道疤痕如一朵热烈开放的月季花；花卷则在香豆、食油或芝麻的相称下，层层卷卷如一团团白云，形状各异。

对待帮厨这件事，媳妇们都是带着神圣的敬意和自豪，前夜便要沐浴净身，好似这样便能在厨房折射出一身光芒。半大的丫头们躲在角落里，她们低声窃笑，肩头微微倾斜的瞬间，舌尖灵巧转动轻吐，或戏谑或安抚或应和的细碎话语如口琴般低吟流淌而出。这个时候，便有读过书的本家兄弟卖弄着文化身份，故意放开了嗓门说："呀哈哈，鬼谷子三弟子说过，吴国有三，方可成帝国，那就是美景、美食、美女呀。"

冬天的太阳像一个懒汉，时辰还没到就紧着要跌落到天边。午后便是黄昏了，送亲的客人踏上门时，饭食也准备妥当了。

等亲家上炕稳住身子，主人家几个小伙子早就提着热水立在炕边上，掀起碗子盖，一束水花射进八宝盖碗茶碗底，烫的茶叶、红枣、桂圆、葡糖干一跃而起，刺溜喊叫着四散飞逃；艳姑们的蒸笼还冒着白气的间隙，客人们慢悠悠地嚼着糖果瓜子，相互耳语着夸赞主人家见过世面，一般人家的摆盘可不会这么讲究，那可是九样十八盘、成双成对呀。馓子上桌后不久，添茶端饭的小伙子风风火火地跑进厨房惊奇地叫嚷着，他偷听到席上有客人说古时候就有馓子，随后进来的另一个小子神秘兮兮地举着一张纸念道："你们听啊，宋代诗人苏东坡这样说馓子：'纤手搓来无数寻，碧油轻蘸嫩黄深。夜来春雨浓于油，压褊佳人缠臂金。'《循化厅志》说：'其送亲男眷不入门，环坐野地，婿家以牛肉、礳礳、油面疙瘩、馓子饷之。'”

厨房里，顿时鸦雀无声，女人们大多不识字的。

对于食物的敬畏感和感恩，也使撒拉宴极具仪式感。席桌上，任何一盘一碗都不会被冷落，上一道，撤一盘，车轮式的上菜方式也让前来帮忙迎客的本家叔伯弟兄如车轮般打转，他们拱起掌心高托着木盘，将臂膀的力量传导进五指，用年轻倔强的身躯对抗着盘中食物重量的不平衡，疾步生风，与同伴在贴身而过的间隙迅速交换眼神，正餐前的馓子、油饼、鸡蛋糕、油搅团、油枣等油炸面点轮番上阵，不慌不乱，不多不少。

正餐起桌，一点不得含糊，这时，厨房里的艳姑们已经汗如雨下，每张面庞红晕飞舞、肃穆庄严。火苗粗暴狂乱地舔舐着锅底，她们卷起袖子，拧着腰身，一改往日的娇羞，指尖犹如挂着一面看不见的军旗，瞬息万变，呼风唤雨，点燃了席战的烽火。

雾气、水汽硬生生地将灶膛里火苗的气势压下去了，水珠挂在蒸笼边上，来不及滑落，便被一双指尖猩红的小白手扒拉下来甩打到地上，厨房中央一张大方木桌上，堆砌了五六层笼屉，好几只手同时抓取各种包子，摆放到离自己最近的浅口白瓷盘中，层层垒起来像极了七层白玉塔，等最后一个包子轻轻落在塔尖，早已候在一旁的小伙子高举着托盘，像蛇一般游动，站在院落里相互高喊“东房，满了”“北房，少一盘糖包”“西房，炕桌白糖够了”……

吃席的人也是很懂规矩的。席间不随意走动，不端着碗筷随意就座就食，不多言语。一桌子食物，就像一位慈祥的母亲，取悦着每一个生命；又像一个严厉的父亲，提醒着食客们切不可贪食失态，抹了自家的面子。

如果说一桌宴席是一场考试，考验的不仅是女人的手艺，男人也得交出一份完美的答卷。手抓羊肉，是唯一的试题。一盘盘手抓羊肉端上桌，客人们眉开眼笑。肋条细长，不肥不瘦，软硬适中，调味醇正，主人家提着小铝壶，将调配好的蘸料送进各自面前的蘸碟中，大蒜辛辣，油泼辣子香辣，自家花椒麻辣，本应灼烧的唇齿不知怎的，却臣服于鲜美的羯羊肉，层层冲击而上，瞬间让人觉得回味无穷、绵延有余。语言中的荣誉和嘉奖，是男人们的专属。老一辈们总是神秘地说：“看这里。”他们指着自己的舌根，“这里有一个宫殿，所有我吃过的、咱们先祖吃过的，都存在这里，都有故事，以后讲给你们听啊”！他们哈哈大笑，拢过来的孙子们半信半疑。

天色已黑，客人们满面泛光，或盘腿踞于热炕上，憋足了劲喝着茶水，或惬意舒展着腰板端坐在木头板凳上，小一些的孩子睡着了，在母亲怀里呼哧呼哧喘着热气，大一些的扒着窗户或门框，急巴巴地望着外面。院子里一些孩子鼓足了腮帮子，对着半截残存着火星的木棍死劲吹着，星星又一次钉在了天空，没有风，除了寒冷。

宴席，即将结束，只等火锅。院子里临时搭起来的帆布帐篷下，男孩子们围住了一排暗金色的铜火锅，肚子里填满了牛肉片、洋芋块、萝卜片、粉条、银耳、蒜苗和葱丝，在汤水的推动下努力想翻个滚，两个叔伯各执一把长勺盯着，不让粉条粘边糊锅，看汤水蒸发得差不多了赶紧加进去一勺肉汤，火势小了便跑出去抱一把柴火，竖起耳朵听外面的动静，只等喊一声“笼锅”，便急忙取来几只小碗，盛半碗水，小心翼翼搁置到锅筒，这样不仅能压住锅灶中持续燃烧的火势，也能保证锅不会突然降温而扫了客人们的吃兴。

每上一道饭食，主人家往往比亲家更为焦灼，他们惶惶迎上去，殷勤地谦让，试图从客人们的言辞神态中能得到一丝肯定；女人们躲在厨房门帘后，争相地从缝隙里偷瞄着亲家婆的面色，揣测今天宴席的水准是否合了她们的意；女客们装作不经意瞅一眼自己给主人家随礼时提的篮筐，瞥见主人家回赠的油饼，瞬时眉开眼笑。透过窗户，亲家舅舅看到主人家为自己准备的回礼——又肥又厚、味道醇香的羊背子，这也是规矩。

宴席结束时，天色全然漆黑。

吃罢，该回各自的家了。一路上，艳姑们在黑暗中深深浅浅摸索着，屏住呼吸齐步走，每人提着一兜相同数量的包子油饼，孩子在后背上睡熟了，两只松软的脚拍打着母亲的胯骨，偶尔丢出来一两句话，也是掩饰不住的欢喜。

黑暗中，有的人家的门口挂着路灯，灯光嗞嗞作响，在深冬的寒夜清晰空旷。

明天，还有席，还得战呢！

马成龙

自行车情缘

清水湾的辣椒红了

马成龙，男，撒拉族，青海循化人，喜好写作与摄影。

自行车情缘

自行车的发明距今有近二百年的历史，在很长一段时间内它是一种很重要的交通工具。随着科技的进步，物质文明的快速发展，看似自行车渐渐被轿车、摩托车、新能源电动车取代，但它依然被很多人津津乐道，骑自行车锻炼身体、越野旅游、运动比赛等成为另一种时尚，自行车丝毫没有退出历史舞台的迹象。

我与自行车结缘是七岁那年随父亲从来塘山搬迁到查汗都斯乡的时候。那时有多年外出求学经历的父亲意识到知识的重要性，觉得我继续留在来塘山上就会延续贫穷、困苦的命运，所以我刚要从学前班升入一年级时，父亲想尽办法说服爷爷，带着我和母亲，拉着一拖拉机的家具，颠簸一天搬迁至查汗都斯乡团结村。

团结村即便只是一个村也罢，但相比来塘村确实好多了，最起码交通方便，最主要的是学校比只有十几个人的来塘小学正规多了。

父亲因多年在外的求学经历，认识这边的乡亲，所以在我们搬迁之前已经置下一座庄廓。

我们一家人拉着家具到达父亲口中的新家时已接近黄昏，舟车劳顿的我们打开木门，看到方方正正的庄廓西面有三四间房屋。父母亲似乎忘记了路途劳累，从拖拉机上卸下一件件家什，想赶在天黑之前安顿好。一旁的我甚是无聊，突然发现搁在墙边的父亲的自行车。勉强能够得上车把的我，一手抓着车把，一手扶着车座，摇摇晃晃地推起来。那是我第一次接触自行车，即便推来推去的时候摔了好几次，却依然无法减弱我对它的喜爱，等父母安置好家什，做好晚饭时，我才依依不舍地放下那辆比自己大很多的飞鸽牌大梁自行车。

父亲搬迁的初衷是为了让我上学读书，所以在住入新家的第二天，父亲就把我带在自行车的前梁上来到新的学校。因为在这之前从未坐过自行车，所以那天我异常兴奋，全然忘记了离开老家、离开爷爷奶奶时的那种难过，尽情享受着清风轻抚到脸上的感觉，看着那些背着书包走在路上的学生被一个个甩在身后时，我觉得自己是世界上最幸福的孩子。

我入学的学校叫西滩小学，可能是因为乡村小学，少去了在城里入学时的那般繁杂手续，经过父亲简单介绍，写完名字后就到了教室上课了。

刚入学那几天父亲还是骑着自行车送我上学，接我回家，我丝毫没有感觉到身处异乡的孤独，虽然我这个从山里来的孩子有很多陌生感和慌张之处，但想到一放学就能见到骑自行车来接我的父亲时，就没有了顾虑。但后来父亲又外出求学了，母亲也回老家收庄稼去了，只留下我以及跟我年纪差不多的小姑生活在一起，于是孤独和身处异乡的不安纷纷笼罩着年幼的我，或许那时想念老家和想念老家小伙伴的那种感觉就是我最初体验的乡愁了吧。

没有了父亲骑着自行车接送的我，跟大多数孩子一样走路上学，又走路回家，如此一来，逐渐跟同班又是邻居的同学成了好朋友，一向不爱说话的我渐渐开口说一两句很蹩脚的汉语。有了朋友自然就少了刚开始的那种孤独，和朋友们学在一起、玩在一起，甚至也住在一起。

年少时，不知时光如梭，嬉闹间升入了三年级，我和我的好朋友都长了个子，因为学校和家有一段距离，好朋友的父亲从废品站买来了一辆自行车，朋友就每天骑着自行车上学，我又只剩下一个人在学校和家之间独来独往。看着一些学生骑着自行车，一辆又一辆地经过我身边时，我特别羡慕，总是在想什么时候才能骑上自行车。

有时候放学回来时，好朋友大大方方地把自行车让给我，他知道我想骑自行车，但不会骑自行车的我拿到后却只能推着往前走，很多时候都是朋友骑在上面两脚放在横梁上，而我用力在后面推，等到下坡路段时跳起来坐到后座上。朋友也让我学骑他的自行车，但我摔倒几次后，他就因为爱惜自行车不再让我骑了，但偶尔帮他推一下自行车我也很高兴。

住在查汗都斯的那段时间，让我最为开心的莫过于父亲每次求学回来，都会从县城骑上半天的自行车，而车后总有两个箱子。一个箱子里装满了给我买的衣服、玩具和各种各样的零食，另一个箱子里每次装着的东西都不一样，有时候是一些穆斯林妇女戴的盖头，有时候是一些老人穿的皮袜子。父亲求学的地方刚好有批发市场，常年求学的他回来时就会批发一些东西回来卖，挣一些外快改善一下家里的伙食。

父亲回来的那段时光，我就可以跟着他去卖他批发回来的东西，就可以坐在他的自行车前梁上风光一段时间了。等把那些小东西都卖完了，父亲就会骑自行车载着我和母亲还有年幼的弟弟一起去公伯峡浪上一圈，前梁依然是我一成不变的宝座。当时的公伯峡因为正在修建，人口比较多，于是就自然而然地形成了一座小小的城市。

那时，父亲往来于老家和新家时总会骑自行车，来时车座上的那一袋子东西是爷爷奶奶带给孙子的疼爱，有扁豆、青稞面，还有我喜欢的胡麻油，去时是一箱子母亲带给爷爷奶奶的孝心，有玉米、菜瓜，还有刚刚成熟的杏子。父亲求学回来时穿梭于老家与新家，循化的最东面与最西面之间，无形中成了爱的传递，一边是他敬爱的父母，一边是他亲爱的妻儿，而一辆飞鸽牌载重型自行车成了爱的载体。

后来父亲把自行车换成了摩托车，但那辆自行车一直放在库房里，前些日子父亲要去把那辆自行车卖给废品站，他刚要出门时母亲发了个小视频给我，我就赶紧打电话给父亲，跟他说这辆车让我拿去卖很值钱，父亲听完把推出去的自行车重新又放回了库房。我知道其实那辆车并没有多少经济价值，我看重的是承载于它身上的一些难忘的记忆。

我在西滩小学读完四年级的那个暑假，父亲又和姑姑姑父们坐着一辆卡车来接我们，说是要搬到县城，让我在县城的学校读书，至此，我离开生活了四年的地方，那个地方的一些故事是组成我童年记忆的一部分，是坐在父亲自行车前梁时的自在与快乐，也是看着同龄人一个个骑自行车时的羡慕。

就在去年秋天，因为长期想念那个我生活了四年的地方如今的样子，于是骑着自行车从县城出发，一路往西。过去也因为各种原因走过这条路，但都是坐在车里一晃而过，只知道没有了过去坐小面包车走这条路时晕车的那般煎熬，而此刻骑着自行车才能一点点感受公路两旁的风景。记得原来这条路是沙子铺的，到处坑坑洼洼，而现在是新铺的柏油马路，骑车走在落叶翩翩的路上，任秋风轻轻吹拂脸颊，心情特别舒畅、自在，我看到好看的风景就停下来拍上几张。

就这样走走停停间我来到了儿时生活过的村子，却感觉全然没有了过去的那种热闹，村道里几乎看不到什么人，甚至连小孩子的身影也未曾见到，突然觉得秋风吹在身上凉飕飕的。我凭着记忆来到院子门口，却见院门周围全是垃圾，家畜的粪便也到处都是。我找了个看着稍干净点的地方放下自行车，通过院门的缝隙往里面看去，发现满院都是荒草，只能隐隐约约看到院子西面房檐上凌乱的瓦片，我很难将这样一个颓败的院子跟童年的记忆联系到一起，却多了一份失落，是那种失去最喜欢的东西时的怅然，而庆幸的是我至少有一点零零散散的组成童年的回忆。

我不想让自己过多地沉浸于那种黯淡中，又骑着自行车来到公伯峡，看着库区中平静的水面，心情也得到了些许的慰藉。回来时，我沿着黄河以北的甘都乡一路骑行。那天我骑车整整走了九十多公里，之后的两天腿疼得厉害，但丝毫没减弱我对自行车的喜爱。

后来，我跟一位喜欢骑自行车的好朋友高价买了一辆德国品牌的自行车，是根据个人的身高和体重等身体状况定制的，所以骑起来特别轻松、舒服，我和朋友会经常骑着自行车背着相机游走于故乡的各个角落。周围的人问我和朋友花那么多钱买自行车，还不如买个小汽车开上，但我和他只是一笑而过，因为不骑在车上，就永远无法享受和感知那种清风拂在脸上的欢畅和自在。

最近在新单位入职后，住所和单位的距离有点远，每天乘坐通勤车上下班，喜欢骑行的我本来想着过了冬天再骑自行车上下班，却偶然间看到“骑行”公众号上的一篇文章："冬天封车的人真的喜欢骑行吗？"我突然醒悟，喜欢骑行不就是跟爱一个人一样吗？应该不分寒暑、风雨无阻、永不分离，那一刻我决定了，即便寒风凛冽也罢，我也要骑自行车上班，我觉得这不仅仅是出于喜爱，更多的是为了感受无以言说的快乐。

是的，不知从何时开始，人们已经喜欢上了快节奏的生活，出门就是飞机高铁，甚至为了赶时间而超速的现象屡见不鲜，自行车在一段时间内几乎被人们遗弃，但大城市飞速增加的汽车导致堵车严重，自行车又被人们搬上新时代的舞台。

而我也希望有更多人能够发现自行车的优点，短途出行时能够选用自行车，这不仅锻炼了身体，还为改善空气献出了自己的一份力量，一举两得，何乐而不为呢？

清水湾的辣椒红了

已是深夜，窗外的雨声渐渐变小了，喧闹的世界也趋于宁静，而我依然没有丝毫的睡意，忍不住又拿起手机翻看以前的照片，突然看到去年秋天在清水湾拍的一张照片，照片里红红的线辣椒挂满了一个农家门口的两侧墙壁，以及一棵高耸又高大的核桃树上，那辣椒红得耀眼、纯粹。

而此刻，照片里辣椒的火红灼伤了眼睛，不禁想念清水湾红红的辣椒，还有清水湾的红红的人。我想，这场秋雨后，清水湾的辣椒又红了吧……

清水湾是我年少记忆里最美的风景，第一次邂逅就深深爱上了她婀娜多姿的身段，并一如既往地爱着。我记得姑父是我们家族里第一个拿彩屏手机的人，当初由于好奇，好不容易把那个摩托罗拉手机从姑父手中拿过来端详，我按下一个按键，屏幕亮了，背景图却一下子吸引了我的眼球，图上还有字“九曲黄河第一湾——清水湾”，年少的我对“清水湾”这个词以及对这个地方全然不知，便问姑父清水湾在哪里，他说就在不远处的清水，这个模糊的回答没有让我心服，他说不远，我隔着屏幕却觉得很遥远，但又深深地吸引着我，于是幼小的心里就有了有朝一日能亲眼看一看清水湾以及黄河的心愿。

而缘分，总是眷顾着向往美好的我。

有一次，远嫁县城的姑姑在家里住了一段时间后就要回婆家，她那边因为没有亲人，又一下子适应不了那边的环境，就恳求父亲带我过去，父亲也因为秋收正忙，就欣然允诺姑姑的请求。于是姑姑带着幼小的我坐了一辆绿色吉普车前往县城，我一路上沉醉于第一次乘坐汽车的喜悦中，却渐渐头痛欲裂，进而胃中翻江倒海，姑姑看出我的难受，说我晕车了，招呼司机在路边停车，我下车后就蹲坐在路边，把头靠在腿上，过了一会儿就不再那么难受，才慢慢把头抬起来，却突然被眼前的山水景象惊住了，这不正是姑父手机里的那张图片吗，可与小小屏幕里的照片比起来，不知要美上多少倍。

水缓缓从远处流过来，到达这儿时，遇上了一半是青色一半是黄色却同样高大巍峨的大山，于是，碧绿的黄河水索性就绕着山拐了一个弯。

黄河北岸是雄伟的大山，而拐弯处有一块郁郁葱葱的较为平缓的山坡，似乎还能看到村庄的样子，对，就是一个村庄，我看这个村庄背靠高山，面前又有磅礴的黄河，好像与世隔绝一般，却又感觉保持着联系，因为隔着河就可以看见这边的情况了：黄河南岸绿树成荫，草木丛生，而最吸引眼球的就是一大片一大片的火红。我问姑姑那红的是什么，姑姑指着路边一户人家说，就是挂在那墙上的辣椒，我看到一棵树上也全是那红红的辣椒，不禁心生疑惑，又问姑姑辣椒是长在树上的吗？姑姑说那树是核桃树，人们把辣椒挂在树上，是为了更好地风干。我正沉醉于清水湾火红的情景中，司机却催促我们上车，而我把这秀美的景色装进了心里，无论以后将远去何方，都会时时惦念。

后来每次路过清水湾都要停车，驻足片刻，再后来，把清水湾无数次摄入镜头，带向远方。

我对清水湾如此痴迷，不仅是因为清水湾的风景、清水湾火红的辣椒，还有是因为那清水湾的人。记得上初中时，班里的同学一半都是清水的。在我的印象里，清水的同学特别真诚，容易相处，容易交付真心，男同学阳光帅气，女同学清秀可人。而自幼喜欢交朋友的我，基本上与清水籍的同学成了好朋友，虽然现在不常联系，但只要碰到他们，就一定能聊得很开心，丝毫不减当年的热情，似乎经过了岁月的波折后，相互间的友谊更加深厚了。

在清水湾还有一个人对我影响很深，那就是亦师亦友的韩老师。我与韩老师相识是在高一那会儿，那时我正涉足写作，对文学的热爱闪亮成一堆耀眼的火光，而同样热爱文学的韩老师刚好发现了我，从此我们时常坐在一起讨论文学，谈论生活百态。韩老师是一个很敦厚的人，性格温和，任何时候都不急不慢，做事考虑周到，他的文章就跟他自己一样细腻，他是在清水湾的河边长大的，对清水湾这一方土地爱得比任何人都浓烈，他大部分的作品中都表现出对清水湾深深的爱恋。他不仅在写作方面教导着我，而且在为人处世方面也给我做了榜样。有一次我跟他开玩笑说，我很喜欢清水湾，想写一些有关清水湾的文章，问他是否愿意，他说清水湾是他的，也是我的，更是所有撒拉人的，让我把清水湾当成故乡，而我在他允诺之前，早已偷偷把心交给了清水湾。我喜欢清水湾，更喜欢清水湾的人，希望今后能一直做韩老师的学生、朋友、知己。

清水湾虽说属于清水乡，但清水湾是所有循化人的故乡，是所有游子的牵念。我发现很多外出做生意的撒拉人，把清水湾打印成大图，挂在店铺里最耀眼的地方，当闲暇之余想念故乡，看到清水湾就在眼前时，就又有了拼搏的劲头，虽然身在异乡，却不再那么孤独。

我们热情好客的撒拉人，给远方的朋友送礼时，一定会捧上盛产于清水湾的火红的辣椒酱，撒拉人把所有火红的情感都装进一瓶小小的玻璃罐里，敬献给最珍贵的朋友。如果你收到撒拉人给你送循化的辣椒酱或者一串红辣椒时，那一定是他们最真挚的问候，最衷心的祝愿。

清水湾是不是九曲黄河第一湾我不知道，但我知道的是，黄河在经过撒拉尔的故乡时，忍不住回头，留恋着这一片土地里勤劳勇敢的撒拉人，而我们撒拉人对这中华民族的母亲河的爱更是无比深厚，黄河与我们融为一体，从而被世人称为——“黄河浪尖上的撒拉人”！

然而此刻，我又陷入了困惑与无奈之中，因为现代文明的需要，黄河上游兴建水电站，积石峡水库大量蓄水，淹没了循化境内大片良田，而清水湾也难逃此劫，曾经大片的辣椒地全被淹没了，从前婀娜多姿的清水湾也日渐臃肿，那些以开发为名义的人，把清水湾的岸边挖得满目疮痍。而现在，每一次路过清水湾时，就像河水淹没清水湾那般，泪水也淹没了我的眼眶……

我在这不眠的夜晚，看着手机里的清水湾以及清水湾火红的辣椒的照片时，就像当年第一次在彩屏手机上看到清水湾那般，从骨子里向往着这一方火红的土地。

我想，今天的一场秋雨后，清水湾的辣椒都应该红了，母亲就会把倾注了思念的火红的辣椒挂在核桃树上，借着辣椒的高度眺望着远方——迟迟不归的游子。

陈　华

思念深处的记忆长河

哈菲则，原名陈华，女，撒拉族，1992年生，青海省循化县人，2016年毕业于青海民族大学。现临时就职于平安大通村镇银行。创作的长篇小说《烟火里的尘埃》目前连载于循化县文联主办的文学刊物《驼泉》。

思念深处的记忆长河

秋叶铺满弯曲的山石路，东边青灰色的天空里微弱的阳光探出脑袋。山下农户的烟囱里炊烟袅袅。村里队长的吆喝声“漫冬水啦，漫冬水啦”回荡在山里，人们肩上的铁锹发出闪闪银光。

初冬的清早，我轻揉着惺忪的睡眼。窗外边奶奶的夹竹桃花还在挣扎地绽放花裙，任冷风胡乱地吹打，几近发黄的花叶耷拉着脑袋被冬风狂吻。爷爷一手拄着拐杖，一手搭在另一只手上，伸长脖子向后山望去。奶奶的烧炕滚烫，我的身子挪不开被窝，睁大双眼，似睡非睡，又进入了梦乡。

渠里的冻水缓缓从山上流淌到山下满是荒草的山地里，地里孤零零的一排排小白杨排着整齐的队列，风吹雨晒下，腰也弯了。落叶在山地坑坑洼洼的暖窝里躺平，伴随着水流进入梦的怀抱，在冷风的奏曲中，演绎一场化为春泥的舞剧。家里半身已入土的爷爷奶奶撑起这个曾经充满欢声笑语的庭院。

队长急促地将柴门的铁链击响，睡梦中我隐约听见柴门铁链在门板上的敲击声。似醒非醒，一翻身，又越过梦里一片长河。爷爷奶奶在伸手不见五指的时候已经开始做晨礼，天色在爷爷的诵经声中掀开黎明的帘。奶奶身体硬朗，空旷的庭院被她清扫得没有一丝灰尘。

奶奶听着急促的敲门声跑去开门，吱呀一声，柴门中厚亮的声音传进来，“老人家，后山地里漫冬水啦……”

不一会儿，后山路上的一个个背影构成了初冬时节漫水的壮丽景象。妇人们用各自的绿、黑盖头将脸围紧，眼窝露出一汪汪碧波，大人后头还跟着早起的孩童，红彤彤的脸蛋，嘴里吹着冷气，歪歪扭扭地上山地边玩耍。电灌站的大叔背着手，头顶着军绿帽子在黄河水渠边看上山的人们，嘴里不停嘱咐他们小心脚下。

爷爷吃力地提起水壶往暖瓶里灌水，热气腾空而上，火炉里的火焰跃动着身姿，在生命尽头依然忘情地燃烧，怒放生命之花。

家里的山地在山头，灌完开水的爷爷在炕边用双手拄着拐，眉头紧锁着，似乎在担心着上了山地的奶奶。

我梦见自己化为一叶小舟，伴随着水渠里的水流，哗哗流向大地温暖的怀里，干涸了将近一个时节的大地像婴儿饥饿时吮吸母亲乳汁的模样，我一下子被迫停滞在白杨树底下，身躯细长的白杨树随风摇摆了几下，又跟自己的伙伴闲聊去了，我使劲往水流快的方向挪动，但是一个凸出的土疙瘩挡住了我的去路，我静待着水把眼前的“土疙瘩老弟”融化，然后又可以随着水流畅游冬日的海洋。

此时天空中的暖阳微微露出脸蛋子，在云船的前行下，一览无余地望着山地里每个弯腰的人，而我只能抬头望着她，流露羡慕的眼神。我沉浸在对暖阳的爱羡中，谁知道“土疙瘩老弟”被水暖融，我慢慢开始随着水波游走……

爷爷的手轻拍在我身上，嘴里不停地喊着我的名字，我睁大蒙眬的双眼，长舒一口气，掀开小花被，不舍得动弹。一顿挣扎之后，硬着头皮，咿咿呀呀跟爷爷撒起了娇。也不知道自己随了谁，起床气缠身，至今似乎都没有睡醒过。

在爷爷温柔的叫醒下，我艰难地爬出被窝，极力揉去眼角的睡意。爷爷倒了一碗熬好的奶茶，碗边漂浮着几小根茯茶的枝叶，浓浓的麦茶味儿扑鼻而来。我洗完脸很满足地拿起勺子吸溜吸溜地喝起了奶茶，火炉的烤箱里散发着奶奶焜好的馍馍的味道，我就着奶茶吃了个饱，嘴边一圈白白的奶渍围了起来。

爷爷在一旁看着滴滴答答走着的挂钟，时间在钟摆摆动下流逝，挂钟“当！当！当！”地响了八下。爷爷拄着拐走出房门，我也紧随而去。

房顶上的梨树露出光秃秃的臂膀，还不舍得离开母亲臂膀的几片枯叶定格在四季交替的年轮中。梨树的容颜渐渐老去，褶皱布满肌肤，头上的发枝稀疏不已，跟眼前伫立着的爷爷一样，褶皱里躺满了岁月流逝的尘埃。爷爷有力地拄着拐，一个个拐印在庭院里伸长。爷爷仰起头望向后山的人群，只见在山腰的小路上爬满了肩扛铁锹慢慢向山上移动的身影。耳间还回荡着队长的吆喝声，我睁大眼睛看着后山，眼前飘过不知是梦里还是真实看到的画面：暖阳向我微微一笑，水流从脚边哗哗而过，我拿出纸叠的小船，顺着水流的方向让它游走。水渠里的石子顽皮地挡住小船的去路，让小纸船左摇右晃，我捡起一根水渠边的并不结实的小木棍，为小纸船保驾护航……

爷爷一直在我耳边呼唤我的名字，对我游离的模样毫无察觉，爷爷索性用拐杖把我捣回到庭院。嘴里一边谩骂着我睡不醒的窘态，一边回到房里把我的棉手套和棉帽递给我，让我去后山看看奶奶。爷爷说罢，我顿时彻底从游离中抽离回来，摇拨浪鼓一样点头答应着爷爷派给我的任务。我来不及戴好手套，把手揣在兜里，往柴门方向跑去。一路上，村里的羊肠小道比往日热闹了许多。我嘴里吹着冷气，吹出各种各样的不规则的形状，也许是跑太快的原因，冷气越吹越多。我迫不及待地想要见到奶奶，一到黄河边上看见几个叔叔肩扛着铁锹潇洒地走过跨在黄河两边的圆形横铁灌桥。横铁灌桥里阵阵湍急的水流声呼啸而过，我好奇地爬上横铁灌桥台子上，不小心瞟到，黄河里的水快要漫过河两岸了，双腿一下子变得软塌塌了，胸腔里心脏咚咚乱跳了起来。这时，后知后觉地想起爷爷在庭院里嘱咐我一定要从东头的石板桥过去。我一动不动，眼睛不敢看台子下面的河面。心里始终想着那只小纸船快要被水淹没的情景。

不一会儿，电灌站抽水的叔叔冲我大喊“下来”。我慢慢蹲下身子，往后挪动。这个叔叔年近五旬，急忙跑过来扶我下地，因为常年在村里负责抽水，他基本上认识每一个人，甚至是小孩。他呵斥我调皮，之后伸出右手指向东头的石板桥，“过桥上山。”我吓得直往石板桥跑去，过完桥后还不时地望着对岸呵斥我的叔叔。

上山的路上，忐忑不安。路上躺满了铁青色的石头，绊得我失去了上山时的美丽心情。我把爷爷交代给我的任务抛在一边，漫无目的地只管往上走。走着走着被不远处的玩伴吸引住。她弯着腰拿着一根棍子自己跟自己玩过家家。

她用山脚下的小石子围成了一个自己的秘密花园。这里有花园、菜园、卧室、厨房、医院、学校、超市、游乐园……

她把自己化身为一个老师，手里的木棍是教鞭，极具声色地模仿着学校老师的模样。我站在一边看了好久才被她发现，她羞涩的脸庞一下子变得通红。我完全忘记了过桥那会儿的沮丧，竟被玩伴的自娱自乐吸引得入了迷。我为了不让玩伴过分尴尬和羞涩，走过去问她去不去找大人，她没来得及点头已经被我拉住手一起往山腰路上跑去。我们一会儿跑一会儿走，喘着气，不停用衣袖擦去鼻尖的清鼻，然后各自哈哈大笑。我们一路上边说边笑，渐渐成了好玩伴。

我们总算爬到山头，只见大人们的铁锹在充满石子的水渠里发出独特的声响。转头向远处望去，奶奶的背影映入我的眼帘，她弯着腰在地边忙碌着，一边还有缕缕青烟徐徐升空，大人们各自在山地边清理水渠里的枯叶和滑落在一边的石子。虽然山地里长不出几把麦穗，但老人们不忍心看着这些山地从此就沦为光秃秃的“牛皮癣”。有一年，每家每户可以从林业局领树苗子，村里就热火朝天地栽起了树，尤其是荒废着的自留地和山地。随着家乡拉面经济的热潮，年轻一代们背井离乡争先恐后地进军大城市。我的父母也是赶着时代潮流进城打拼，在外好几年，自此，我的童年缺失了来自父母的宠爱。但幸运的是，爷爷奶奶的陪伴幸福了我整个童年。

我飞奔到奶奶身边当起了她的小助手，任凭脸被冻得红一块紫一块。时间在铁锹与泥水间溜走，我心里突然想起爷爷在庭院里伸长脖子惦记着奶奶的神情，问一边忙碌的奶奶我们什么时候可以回家，奶奶说我们前面还有一家。我听完拾起几片在地埂上孤独的白杨树叶子，等待着上游水渠里的水流入自家地里，我的玩伴在远处跟我一样在地边玩耍着。我无聊地在山地里东张西望。也许等待是漫长的，但我感慨着村里这几年翻天覆地的变化，唯独让我难以忍受的是对父母的思念之情。我马上小学毕业了，盼望着这个长假能与父母在异地相聚。我想象着自己独自坐在火车上，只身一个人翻山越岭，在茫茫人海中寻找那份心底里渴望的宠爱。父亲浓密的胡须在我脸上划来划去，母亲的手温柔地在我的脖颈抚摩，就像梦里望着空中暖阳洒在身上的些许热度。我不忍从这个脑海里的画面中走出。

奶奶喊我回家，我惊叹时间在不经意间匆匆流逝。

我在下山路上寻找着玩伴的身影，也许是心底的默契，还在等着家人的她回头望着下山的人群时，看见了我，我们相互招手说着再见。

奶奶左脚的藏青色的呢子棉鞋被水浸湿了，几根银白色的发丝裸露在沟壑分明的额前，但铁锹被奶奶擦拭得光亮光亮。

一汪汪水流入地里，滋润着一排排白杨，也为来年开春时节的发芽吸收了养分。地埂上长满的杂草已经被火烧得像一幅浓墨画。一排排白杨站在各自的沃土，守望和等待着来年春天的宠爱。

我掀起厚重的棉布门帘，让奶奶先进房门，房子里的爷爷见奶奶回来时开心得乐开了花儿，火炉上的水烧得热气腾腾，爷爷将灌好热水的汤瓶递给我，让奶奶先洗手。奶奶一进屋就坐在炕沿上换了拖鞋，被水浸湿的棉鞋被我放在火炉下面，爷爷颤颤巍巍地为奶奶准备好早餐。爷爷银白色的胡子微微翘动，年迈的他会毫不懈怠地去做目之所及处能做到的事，对我学校的课堂作业也是常抓不懈。

爷爷作为属于他们那个时代的高才生，对我们这一辈孙儿们的学业是绝对的支持。

记忆里，村里有人生病住院需要村委会写个申请、证明什么的，他们都会找爷爷代笔，懵懵懂懂的我趴在书桌上，看着他挥笔，眼睛里溢出对文化人的羡慕。有时候爷爷写着写着也会提笔忘字，身边的人只能看着也帮不上什么忙，爷爷锁住眉头极力回想。而我也总能抓住时机，在爷爷面前回报他对我学业的重视，以解开爷爷锁住的眉头。这时，旁边的人也会对我竖起大拇指，我一开始不以为意，时间长了，我才慢慢明白学好知识的重要性以及被他人肯定时的喜悦。久而久之，我在爷爷的督促和陪伴下，保质保量能完成学校的作业，面对老师在课堂里的提问，我总能自信满满让老师满意，同学们的一双双眼睛里除了羡慕还是羡慕，毕竟这都是爷爷让我养成的预习和阅读的习惯。尤其晌午吃饭时分，他总会在饭后拿着一根筷子在院子的地上一笔一画地教我认写课文里生僻字的间架结构。爷爷的辅导结束，我跟着爷爷趴在炕头看黑白电视里的新闻联播，有时候我很不争气，看着看着就会进入梦乡。梦里是放学后与伙伴嬉戏热闹的场景，似梦非梦。傍晚的夕阳在山后瞧不见了，我们在校门口玩，书包也扔在土坯墙的角落里，正当我们玩得热火朝天之时，大人们各拿一根细树枝儿，向我们“进攻”。我们被打得不欢而散，一阵阵嘲笑声在傍晚的上空扬起，因为我们无情地嘲笑大人们追不上我们的步伐。这其中也有我一个，奶奶失控地追赶着我，当我已经进入柴门时，她被我甩在巷口，我把书包放在红砖窗户上，从窗户看见爷爷已经在看他的新闻了。我站在院子里等奶奶发落，奶奶气冲冲地进来将柴门扣住，一看见我又开始追过来，我灵机一动，便围着庭院偌大的花园转圈跑，顺便带着奶奶跑了五六圈，她已经气喘吁吁了，她又气又笑瘫坐在水泥台阶上，我看着她一边哈哈大笑一边冲她做鬼脸，她竟然也哈哈哈大笑了起来。我这才放下提着的心，跑进房间拿起奶奶的水杯，给她送了过去。她咕咚咕咚一饮而尽，额头沟壑里溢出的汗水流到她的脸颊，又顺着纹路进到脖颈里。她掀起黑盖头一侧，让空气中的冷风吹干汗水。

爷爷基本上放纵我贪玩的本性，但前提是必须完成学校老师留下的作业。在五年级那年周五的晌午，我放学回来看见爷爷在洗小净，他正准备去镇上的大清真寺里做“主麻”，我无心吃饭，揪住心里想骑自行车的辫子，想着怎么把自己的自行车推到巷道里过个瘾。我小心翼翼地把书包藏在院子里的一侧，故意让爷爷奶奶以为我还没有放学回家。这时，爷爷洗小净时的漱口呛鼻声吓得我离自行车退后了几步，观望了一会儿，见没有人出来。我急速地把自行车的脚架学爷爷那样踢开，推着跟我一样高的自行车出了柴门。当我不知道怎么骑的时候，巷口跑出来的玩伴告诉我该怎么骑，但我还是没有勇气，索性就推着它在巷道里跑了几个来回，然后又悄悄把车放回庭院中，我沮丧地瘫坐在爷爷的躺椅上，刺眼的阳光使我的脸火辣辣的。

爷爷洗完小净从房里走出来，看着我沮丧的样子就过来问我，我口是心非地答非所问。他摸着我的头，然后问我想吃什么，说做完主麻可以给我买回来。我告诉爷爷要吃冰棒。爷爷堆起抬头纹想了一下，从白衬衣口袋里抽出一块钱给我，说："冰棒在校门口小卖部里先买上，等你放学回来肯定有好吃的等着你。"说完，爷爷就推着自行车出门了，这会儿的爷爷腿脚还算灵便。我看着爷爷离开的背影，刚才的一阵阵沮丧落荒而逃。这时奶奶也从厨房里冒出来，端着一盘菜让我吃，然后又忙去了……

小学毕业后的假期显得格外漫长，我与父母还是远隔两地。叔叔婶婶带着弟弟妹妹们回来了，家里又恢复了以往的热闹和生机。有时接到父母不定期打来的电话会使我开心一个假期或者更长时间，爷爷知道我的心思，极力为我创造各种温馨的氛围，不知从什么时候开始，爷爷成了我生命中不可缺失的精神支柱。

小学毕业的假期里，我和弟弟妹妹们整天除了玩耍还要去清真寺学习。村里没有小孩们可娱乐的安全场所，尤其夏天天热，小孩们异常喜欢到黄河边玩耍，胆小的在岸边泡个脚打个水漂玩玩，胆大的直接跳入水中游耍，直到被大人们发现后赶到家里一顿抽打。此时，村里的大人们就盼望着学校开学，因为他们不仅得一边打理生活，还要担心孩子们的安危。直到有一天,村里的教长在晨礼结束后，在寺里与礼拜的男人们商议，让村里所有的学生娃每天到清真寺学习，这一举措一方面打消了大人们担心各自孩子们不要命的贪玩，另一方面丰富了孩子们的假期生活。

于是，大人们拧成一股绳，把孩子们都往清真寺送。清真寺还像学校一样，教长和满拉们排好了课程表，专门让满拉们辅导和监督孩子们每天完成学校里布置的假期作业。我和弟弟妹妹们在爷爷的督促下，整个假期一天也没落下地在清真寺里度过了每一天。我们几个回到家里还有课本里古诗词的背诵大赛，爷爷是主持人，奶奶、叔叔和婶婶是我们的听众。日子一长，我们几个赛手的背诵能力和记忆力逐渐提高，奖品拿到手软。他们还额外给我们增加了优惠政策和享受，更值得一提的是，叔叔给我们仨买了一辆自行车，我们尝到了学习的甜头，乐此不疲地养成了没有背诵比赛也积极主动背诵的习惯了……

我上初中后，叔叔婶婶们带着弟弟妹妹也回去了。我从走读改为住校，学习状态从放松变成了紧张，而我也忘却了被宠爱的期盼。爷爷一如既往地重视我的学习，他虽不能像小学那样手把手地给我每天辅导作业了，但每次周末放学回家，爷爷双手拄着拐，下巴搭在双手，坐在巷口的石板凳上望眼欲穿地等我回家。刚开始时，我对爷爷的等候没有放在心上，一见到爷爷就只是兴奋地往他身边跑。爷爷见到我后缓缓站起身，我激动地一把抱住爷爷的胳膊，我们一边嘘寒问暖一边往家走。奶奶也是准备好了可口的饭菜，还有几天前亲戚家送来的炒鸡肉他们也没舍得吃，一直等我放假回来。一到桌前，我顾不上细细品味，大口大口地吃了起来，他们看着我的样子，欣喜之情溢于言表。初中三年，我沉浸在爷爷奶奶幸福的陪伴中，圆满毕业。这三年父亲断断续续回来过七八次，基本用物质来满足了我和爷爷、奶奶的生活。在生活的历练下和在充满离别的时日里，我渐渐地想通了一件事，在父母没有技能和稳定工作的前提下，顾得上生存，就顾不上团聚。他们在外打拼的日子里，也跟我和爷爷、奶奶那样只能煎熬，也许比我们更难熬。

自此，我学会了珍惜。珍惜每一次与亲人通话的机会，珍惜他们偶尔返乡回来时短暂相聚的日子，感恩着生活的安稳和他们的健在。直到在高中那段我认为人生中比较坎坷的日子，我接连两次遭受了至亲故去的悲痛，那个活泼开朗的我仿佛也随着他们逝去了……我也硬着头皮考上了故去至亲心心念念的大学，当拿到录取通知书那一刻，泪水已决堤，撕心裂肺地抱着自己无法释怀。奶奶也跟我一样沉浸在悲恸中，像做梦一样，时而清醒，时而游离……

我来到人生的转折点，徘徊在人山人海的大学校园里，我不知道自己该如何规划接下来的每一步，犹豫着，迷茫着，踌躇不前。后来在文学课上，我与小说邂逅了，走了这么久，终于遇上了对的它。课后，总是揣着自己喜欢的书本，枕着它们独自在操场的绿茵里仰天而躺，让内心深处的伤口在阳光的沐晒下慢慢愈合，惦念脑海里闪现的一幅幅美好的画面，然后慢慢擦干被泪水打湿的眼角，继续坚强地奋力迎接余下的每一段未知的人生征程。

……

“漫冬水啦，漫冬水啦……”

村里新队长的吆喝声传入耳间。做完晨礼的母亲穿着羽绒服，戴着口罩，手里提着生锈发黄的旧铁锹，往后山的人群里走去。我躺在热炕上从窗户望着后山顶，山腰上新修的高速公路上一辆辆汽车呼啸而过，清晰听见铁锹声在水泥硬化的羊肠小道里划拉的声响。

我情不自禁地走出家门往后山走去，穿着白色的板鞋在后山的泥土里尽兴地踩着，过河的石板桥被水淹没了，河两岸长满了杂草，我顺着一辈辈人踏过的山路爬到顶山。一眼望去，漫冬水的人再也不是儿时记忆里的爷爷奶奶们了，山地里一排排粗壮的白杨树拔地而立，枯落的残叶铺满地埂和树脚，稀稀拉拉漫冬水的人们把自己包裹得严严实实，只露出一双眼睛。母亲用铁锹铲除地坝口的残叶和落石，不一会儿被辛苦抽上来的冻水缓缓流入地里，大人们闲聊了起来以打发时间。

“听说这两三年这些地也要被高速路占用了……”

“是啊，上辈人留给我们最后的一块地也没有了……”

“我们这一辈没地，后人更没地了……”

“以后娃娃们养活自己可得靠真本事了……”

……

听着他们的对话，感受到时代飞速的转变所带来的变化和影响是那么直接。看着山腰的高速公路上飞速行驶的来往车辆，再看看那些山上记忆里树、石头、山路。我仿佛交错在时空变换的年轮里，看时光流逝的涟漪不停涌动，拍打着河岸两边的杂草，河水里石板桥的倒影随冻水流向远方。电灌站旁边的圆形横铁灌桥荒置在原地，它也在时间的流逝中被遗忘了，偶尔还有过山的人从它身上跨过。

陆陆续续，漫冬水的人们依次下山回家了。我一个人停留在山地边上，在山的四周寻找思念深处的点点滴滴。那个玩伴早已嫁为人妇，偶然碰见，只是相视一笑；那个对我呵斥“过桥上山”的叔叔也不知道去了哪里；爷爷在火炉上熬好的热气腾腾的奶茶再也喝不着了；以前砖木建起的清真寺已经全部拆除，远远望去只见正在修建的冷冰的一堆混凝土。

母亲在高速路边向我挥手示意回家，我招了招手，但不愿就此匆匆离开。我看见一块白色石头躺在地坡上，弯下腰吹走上面的灰土，久坐在石头上重拾记忆，思念着逝去的故人。记忆是个可怕而又不能忘怀和感知生活百味的场所，是沉浸过去和把持现在齿轮中的润滑剂，眼角不知是泪水还是悲喜交加的感动和思念。

更新交替是这个时代不断前进的基石。每一个人、每一段事、每一个季节、每一个地方都会成为过去的经历、回忆和思念，而每个人内心深处也有不愿提起和不为人知的伤和痛。

我在过去与现实的时空中游走。后知后觉中想起妈妈在向我招手的画面，我掸了掸裤脚的土，瞬间感觉自己也把过去的不堪和内心的脆弱抖落在了这里。

我转身向家的方向走去，仿佛看见爷爷还在巷口的石板凳上，托着下巴，望眼欲穿地等我回家的身影。我在山腰路上一路狂奔，一个长促的汽笛声，鸣醒了我。我站在路的一边，招手向儿时在奶奶边玩耍的方向说再见，同时也向自己思念深处的记忆长河，致敬！

感谢时光，感恩生活。